Nata si e Dekameronit
Ilir Magjistari

ILIR MAGJISTARI

NATA
SI E
DEKAMERONIT

Tregime & Novela

RLBOOKS

2020

Redaktor,
organizimi grafik,
kopertina,

Arben Bllaci

ISBN 978-9928-042-80-4

Printed and distributed by **RL**BOOKS
www.rlbooks.eu
admin@rlbooks.eu

Design Dritan Kiçi

Në kapak: ROCKWELL KENT,
Boccaccio, The Decameron 21
...laid her upon the chest...

TË DASHURAT
E ÇUDITSHME

Sapo m'u hap dera e jashtme, ndieva se në shtëpi kishte një atmosferë mobilizimi. Me një tundje të lehtë koke dhe me sy pyeta djalin e vogël, që unë i them d'Artajan, se është më i shkathët se binjaku i tij.

- Vjen ai pra, sjell "atë"... - shtrembëroi buzët, duke vrenjtur me ironi edhe vetullat.

Hapa sytë, lakova dhe unë buzët poshtë për t'i thënë që as mora vesh gjë. Pamja e fytyrës së tij, më bëri të qesh e të flas.

- Kush është "ai" dhe kush është "atë"?

- I madhi pra dhe shoqja e tij. Ata që e bëjnë buçko faturën e telefonit tënd.

Dhe bëri të ikte.

- Hajde, hajde lëviz duart ti! Lëri ato! - i thirri e ëma dhe erdhi më përshëndeti.

- Këpucët të tëra në raft, rrobat në vendin e tyre. Asgjë s'keni bërë gjithë ditën.

Ndieva se fjalia e parë qe për mua. E pyeta me sy ç'bëhej.

- Eh, do të sjelli Adën për drekë ai.

Dhe po më blinte duke më parë ngultas në sy.

- Adën?

- Po praaa...

- Po ajo e kishte emrin...

- Atë e kishte shoqe. Mos na hap punë ti tani! - sikur m'u kanos mos thosha ndonjë emër tjetër, duke shtrembëruar pak fytyrën në shenjë pakënaqësie.

Si maçok i lagur u ula e nisa të heq këpucët.

- Aty, aty në raft këpucët! - tha ajo me një ton jo të qetë, që tjetërkund e kishte shkakun.

- Dale, moj, dale, akoma s'i kam hequr. Me gjithë këmbë ti fus? - u përpoqa të bëja pak shaka.

D'Artajani përplaste plaçka nga dhoma.

- Ej, po ti ç'ke?

Ai ktheu kokën e më pa i ngrysur. Më erdhi të qesh me fytyrën e vrenjtur të një fëmije të bëshëm, me shpatulla të gjera, që e bënte zap edhe një xhest, edhe një tingull i zërit të hollë të së ëmës.

- Ai bredh, ne bëjmë punët ta gjejë në rregull fytyra e atij... Dhe e... asaj. - shtoi me zë të ulët. - Binjak binjak, por ia mbath nëpër kurse. Dhe mua më ngelen...

- Hajdeee... - i trasha zërin që të vazhdonte. - Punët nuk bëhen për të, por se duhen. Pushim gjith ditën dhe s'kapni gjë me dorë. Asaj ia lini të tëra. - bëra me kokë nga gruaja dhe i shkela syrin djalit në shenjë ortakërie.

- Po po, përgatitemi ne! Dhe ai të na e bëjë si herën

e parë. Mbajtëm dhe nënën ne, posiiii! Mirë na e bëri! - dhe uli zërin si të fliste me vete i penduar.

Unë qesha dhe i trazova flokët D'Artajanit zgjatur e bërë sa unë, po mbetur vogëlushi i përhershëm.

* * *

Ishte e diel dhe nëna ime që kishte ardhur për vizitë, u ngrit të ikte.

- Rri, - i tha gruaja - rri të shikosh dhe shoqen e Atosit, (se Atos i themi të madhit). - Do kthehen këtu pas shëtitjes. Fola në telefon dhe tha se nuk vonohet. I thashë që po pret dhe ti, prandaj rri.

- A iu beftë nëna kurban! Shoqja e nipçes... Do rri! - vendosi nëna pa e fshehur kënaqësinë.

Nuk shkoi shumë dhe Atosi hyri i shoqëruar. Kur pa gjyshen akoma në shtëpi, sikur s'i erdhi mirë.

Nënës time i ndriti fytyra. U ngrit, e qeshur përqafoi Atosin dhe shoqen e tij, një bjonde flokëgjatë, fytyrëimët pak të zgjatur e tejet fëminore. Sytë blu të ndritshëm. Në njërin vesh kishte një vëth floriri, në tjetrin i vezullonin nja tre pika piercing, nga ato që nëna ime i quante gjilpëra me kokë. E shtrengoi në gjoks sikur të nuhaste se ç'aromë vinte shoqja e nipçes. Dukej e kënaqur. Pastaj, si për të mos e dëgjuar të tjerët, i pëshpëriti në vesh:

- Të ma bësh të lumtur djalin, hë t'u bëftë nëna!

Atosi u kthye me vrull i acaruar.

- Po ky është Artini, shoku im. Ç'i ngatërron gjërat kështu!

Edhe ne mbetëm të shastisur, por e kapëm shpejt situatën dhe e kthyem në të qeshur. Po në fakt nëna ime s'kishte faj. Djaloshi që quhej Artin, nuk kishte asgjë prej mashkulli në gjithë pamjen e tij.

Bënte vapë dhe Atosi e ftoi të shkonin të freskoheshin. Kur u kthyen, nëna iu afrua dhe si me gjysmë lutje e gjysmë tallje, i tha:

- Fale nënën, të keqen! Plakë unë... Edhe nuk shoh mirë, edhe prisja gjë tjetër. Edhe... Hajt tani...

Artini qeshi dhe e përqafoi si për t'i thënë, hë se gjëra që ndodhin janë!

- Hiqe bluzën, të keqen nëna. Dil në kanatjere si këta të tjerët, vapë është, djema jeni ju. Gjithë këtë bluzë me mëngë të gjata! Hiqe, hiqe. - përfitoi nëna nga paqja që vunë dhe insistoi duke vënë buzën në gaz.

I madhi u bë keq.

- O nënaaa, lakuriq është, nuk e sheh?!

Nëna vuri syzet dhe e pa.

- Janë tatuazhe, o nënaaa!

Ajo shihte njëherë trupin e Artinit dhe njëherë nga Atosi. Pastaj u kthye nga ne, por unë dhe gruaja zëre se ishim në teatër. Ia preku trupin e habitur.

- Imazhe? Po imazhet sikur janë... pamje. Edhe bën vaki, edhe bën... Epo plakë unë, more bir, plakë, më bëjnë sytë miza.

- Ta - tu - a - zhe! - e ndau fjalën në rrokje djali, duke rrudhur buzët me një si përçmim.

Pa e zgjatur shumë, nëna e pa të udhës të ngrihej e të ikte, sa s'kishte bërë akoma gabimin e tretë...

M'u kujtua e gjithë kjo dhe me buzë në gaz dola të pija cigare në ballkon, se... hmm edhe tek oxhaku na është vënë tabela "Stop duhani".

Pa mbaruar cigaren, ra zilja e derës. Gruaja nxitoi ta

hapë. E pashë që u rregullua edhe një herë te pasqyra e portmantosë dhe me një si mirësjellleje që dukej qysh matanë e shtirur, hapi derën. Nuk dëgjova nga ato fjalët e përshëndetjet e zjarrta të mikpritjes, ndaj u bëra kurioz dhe pashë nga dera e hyrjes.

Ishte i madhi. Shoqërohej nga një tullac me beretë, veshur kokë e këmbë në meshin e lëkurë.

- Ah... më falni! - foli me një zë pak të ngjirur bereta, u kthye nga shkallët dhe fiku cigaren.

Unë dhe gruaja kishim mbetur të shtangur.

- Po s'ka gjë, - tha ajo, - edhe mund ta mbaje. Mbetëm ca kështu, se prisnim që të vije me Adën. - iu drejtua Atosit edhe në emrin tim.

Atosi qeshi.

- Po, mam', kjo është Ada!

Gruaja u kthye dhe më pa në sy. Buzëqesha si idiot, në kuptimin:

... - Merr veten, ky është pjella që kemi gatuar dhe kjo pjellë që ka gjetur, i pëlqen. - saktësova me sy e lëvizje.

Ajo sajoi një si buzëqeshje në fytyrë dhe nxitoi t'i ftonte brenda duke u kërkuar edhe njëherë ndjesë për hutimin. Por nuk ishte e qetë. Ndërkohë, ajo që ishte Ada po hiqte çantën e vockël nga supi dhe gruaja nxitoi t'i shkopsiste xhupin. Kishte ankth. Vura re që i dridheshin duart nga padurimi të shihte ç'fshihej poshtë xhupit. Duhej të kishte doemos një mufatje, sado të vogël, mjaft që kjo Ada të mos ishte ndonjë Adi... Përndryshe... Pashë që u lehtësua. Vari xhupin te portmantoja dhe pa shumë kujdes pa Adën nga pas; takat e ulëta të këpucëve sheshka, vithet, supet, flokët. Por kjo heshtje kaq e gjatë ishte njëlloj qetësimi i shqetësuar.

Atosi dhe Ada u ulën dhe po flisnin me zë të ulët. Vura buzën në gaz dhe iu drejtova Adës me pak tea-tralitet:

- Unë jam babai, i zoti i shtëpisë. Mirëseardhe!

Ajo e kuptoi ironinë sakaq, u ndie ngushtë, u ngrit edhe njëherë në këmbë dhe u përkul në shenjë nderi-mi. O zot, sa më qeshej!

- Kurse kjo është mamaja, e zonja e shtëpisë!

Ada u kthye nga gruaja dhe u përkul sërish. Kësaj radhe m'u duk si japoneze. Nga pas, përfund kokës së qethur zero, pashë që i vareshin jo më shumë se njëzet fije floku të gjata, që të gjitha bashkë mezi sajonin një si spango. Pastaj u kthye nga unë duke pritur ç'do t'i thosha akoma.

- Ç'qenie të tjera njerëzore sheh këtu, janë pjellat tona. Të mençur apo budallenj, janë tanët...

Ime shoqe, që një fytyrë i vinte një i ikte nga kunjat dhe nga thuajse tallja ime, e ngrysur i ra gjoksit fshe-hur tyre, si për të thënë "Hmmm, ta rregulloj unë ty!".

Nuk e kishte hequr akoma atë si buzëqeshje akull nga fytyra, kur nxitoi të bënte qerasjen rresht, karame-le, çokollata, liker, biskota... Hej!... Jepi, jepi!... Pastaj limonatë, pastaj kafe.

Atosi dhe Ada shihnin të habitur herë njëri - tjetrin, herë ne.

Ajo akoma nuk kishte bërë një urim dhe nga fundi, kur qerasjet pothuaj kishin mbaruar, ndodhej ngushtë me duart plot me qerazma. E pashë dhe i buzëqesha.

- Mirëseardhe, qofsh mirë! Gëzuar!

- Gëzuar! - tha me zë të ulët e zënë ngushtë.

Për të ndryshuar pak situatën, Atosi ndërhyri:

- Ada do rrijë për drekë, o maaa, kot e bëre kafen.

Gruaja u kthye e habitur:

- Drekë?!

Atosi u ndie ngushtë nga habia pyetëse e mamasë.

- Zemër, shkojmë në restorant. Nuk kemi bërë gjë për drekë. - tha ai duke ulur sytë.

Ndieu që gjerat nuk po shkonin aq mirë, por e kishte pasur mendjen tek "ajo" dhe padashje kishte thënë "zemër". Dhe tani që shihte fytyrat tona....

Pas nja dy orësh u kthye. Dëgjova gruan që i thoshte gati me nerva:

- Mashkull tjetër në shtëpi nuk dua. Mjaft ju kam ju të treve. Ajo... Ai çfarë ajo, ku kishte gjë për ajo ajo! Nuk bën për ty! Nuk bën! Lereee, lere atë dashurinë tënde tani, aman! Të kam parë si dashuron ti. Ajo s'ka këllqe të mbajë fëmijë, s'ka gjoks të ushqejë pjellat. Dua nipër, dua mbesa. Po të jetë se do t'i merrni në shtëpi të fëmijës, shkoj i marr vetë e i rris si dua. Dhe në qofte se...

- Po dal për kafe unë. - thashë dhe tërhoqa xhaketën.

... - S'ka faj. Jo deri këtu de, jo deri këtu! - kujtova se thashë me mend, po në të vërtetë mërmërita me zë.

- Prit, më prit se erdha! - dëgjova zërin e gruas dhe hapat që nxitonin nëpër shkallë të më arrinin.

Nuk folëm për goxha rrugë...

LETËR
NGA LUFTA

Në trotuarin e lagur ndiente t'i kërcisnin takat e këpucëve që sapo kishte marrë nga këpucari. Dëgjonte trokëllimën dhe kuptonte se i kishte mbledhur mirë. I rrinin pas këmbës dhe ndiente goxha ekuilibër mbi takat e larta. Edhe ai... Gjithnjë do t'ia linte për minutën e fundit dhe sa e shihte, qeshte neveritshëm, jargavitej, e shihte gjithë zili dhe epsh pas xhamave të trashë të syzeve, i nxirte nga poshtë banakut kepucët e saj dhe nxitonte të justifikohej.

- Pesë minuta dhe i mbaroj. Ja, i kam bërë gati. Prit këtu te banaku.

Dhe ajo priste e bezdisur, po s'kishte si bënte ndryshe. Kohë kishte sa të donte, vetëm se nuk e duronte dot atë shikimin e tij që vjedhurazi kërkonte terren. Po herë - herë edhe i pëlqente ta miklonte e tallte nga pak këtë qurrash. Por dëgjonte si tërhiqte hundët dhe i pështjellohej gjithçka. Le pastaj me atë buzëqeshjen idiote, pa pikë elegance që i dërgonte për t'i tërhequr sadopak vëmendjen. Por gjithnjë shkonte tek ai, se punonte më mirë nga gjithë "bukuroshët" e tjerë. E kishte edhe fqinj. Sikur i bënte qejfin kur i thoshte:

... - Erdhe, Hirushe? Ja, do të t'i qaj këpucët kësaj radhe, mos ketë princ të të kapë, ahahahaa...

... - Si nuk i fshin kurrë ato xhama ky!? - mendoi njëherë, duke u përpjekur t'i shihte sytë për kuriozitet.

- I fshij çdo mëngjes, po ja... kanë numër të madh. - i qe përgjigjur ai.

- Jo, jo, s'e kisha me ty, fola për dikë... - qe zënë ngushtë ajo.

... - Ou, ky ditka të lexojë mendimet kështu!

***

Kishte nisur të ndihej e tepërt kudo dhe nuk po e gjente pse - në. I tepronte kohë pa masë, dëgjonte lajmet shumë herë, psherëtinte pa fund.

Ah, sa të gjata ishin mbrëmjet! Ecte dhe i dukej se rruga zgjatej. Edhe nata... Nuk kishte qetësi, e kishte humbur prej kohësh dhe nuk e dinte pse. Kishte nisur të shihte pa ngjyra. Edhe të bardhën e shihte transparente e shpesh të turbullt. E zeza... po e zezë fundja. Moshë e vështirë, shumë probleme njëherësh...

Priste, vetëm priste aq sa shpesh harronte se çfarë priste dhe psherëtimat nuk kishin fund. Shtrëngoi edhe një herë në xhep letrën që i kishte ardhur. E ndieu të ashpër, thua se ishte lagur e tharë disa herë dhe ishte bërë si karton. Ja, sonte kishte se pse të nxitonte për në shtëpi. Instiktivisht shtoi ritmin e hapave...

"Kam shumë shpresë kësaj radhe, se kjo letër do të bjerë në dorë. Ta dish, të kam dërguar shumë herë edhe letra të tjera, por e di që nuk të kanë ardhur. I kam në xhep. Po të duash, t'i dërgoj. Po nejse, nejse. Më mirë të mos i lexosh fare.

Pse s'të kanë ardhur?

Po ja, se letërprurësit ose janë vrarë, ose janë kthyer pa e kaluar vijën e frontit pas nesh. Hmmm... Ti nuk e kupton në fakt, vijën e frontit tani e kemi rumbullake, sepse... jemi të rrethuar. Pse kam shpresë se do të vijë kjo letër? Se letërprurësi është çalaman, i vobektë, shurdhmemec, nuk ia var njeri dhe nuk frikëson kënd. Duhej ndonjë i tillë, ua thashë që atëherë. E di pse? Lëre fare, lëre më mirë.

E provokova dhe nuk dinte shkrim e lexim, aq më mirë, sepse... Eh, nuk mund ta di dhe aq mirë që ai...

Po, po, mbase është edhe spiun, se hyn e del si të dojë edhe këtej, edhe andej. Po fundja ç'më duhet mua! Unë i dhashë ca monedha vetëm të të sjellë letrën ty. Eh, sa monedha mblodhi nga të gjithë letrat që mori! Thonë që leviz me helikopter. Kurse shokët që u nisën u vranë, u kapën rob apo u kthyen, s'kërkonin asgjë. Po e di çfarë? Më mirë që nuk të kanë ardhur letrat. Ja pse e dashur!

Perënditë paskan thënë që kjo luftë nuk do mbarojë shpejt. Por edhe kur të mbarojë, askush nuk ka për të fituar. Perënditë qeshin e tallen për çfarë po luftojmë edhe ne, edhe ata.

Tani unë kam frikë, ndonëse jam pranë njerëzish të mëdhenj. Kam frikë se s'di përse luftoj, për kë? Dhe kur ndodh kjo, ndihem jetim, i vetmuar. Jo vetëm unë.

Të kujtohet si u zgjodhën ushtarët për luftë? Më trimat, më të saktët, më të fortët, më besnikët. Agamemnoni futi spiunë mes ushtarëve, për të gjetur spiunët dhe për t'i hequr nga legjionet e lavdishme. Odiseu u shkeli syrin gjeneralëve të tjerë dhe... e di ç'bënë? I hodhën të parët në sulm, mish për top. E mban mend kush mbeti aty? Sakatët, frikacakët, të vobektët, pleqtë dhe fëmijët. Aq sa një shoqja jote e virgjër, psherëtiu: "Zot, na ruaj! Këtu mbetën vetëm pleq dhe plepa. Edhe priftërinjtë i morën me vete". Menelau donte Trojën, Paridi donte Helenën, Helena donte edhe Paridin edhe Menelaun, edhe Trojën edhe Eladën.

Pinë për fitoren e askujt, pinë për humbjen e të gjithëve. Kështu thonë perënditë.

Pastaj nuk u morën vesh, se vera u ra keq në kokë dhe donin gjithçka. Edhe njëri - tjetrin. Por e donin të vdekur.

Gjeneralët i gjetën punë vetes për të fituar lavdinë, asgjë më shumë, sepse këtu nuk ka mbetur asgjë. Agamemnoni grindet me Akilin për letra me vlerë që u ka dalë vlera, në bixhoz shkëmbejnë vajza të virgjëra që nuk i zhvirgjërojnë dot, vetëm i shkëmbejnë, se ndryshe u bie vlera.

Nuk di se ç'po ndodh. Më thuaj, a janë rritur fëmijët që kur ikëm ne? Ku janë? Më duket se i sjellin këtej. Me kë mbarsen gratë aty? Lindin fëmijë të tjerë? S'besoj! Ja, ku po vdes Elada jonë!... Asgjë nuk do marrim nga Troja, do vdesim të gjithë. Kështu thonë perënditë.

Prandaj ta shkruaj këtë letër. Të ndihesh e lirë dhe të shikosh jetën tende. Kujdes nga fëmijët e dikurshëm që mbase janë rritur, kujdes nga sakatët, gënjeshtarët e mashtruesit që kanë mbetur rreth teje! Trimat e më të mirët i mori lufta. Për ty e kam, se të dua. Po fundja... E di që edhe po u ktheva nuk do jem më unë, nuk do të jem ai që isha dikur e kam fjalën. Si të ta them... Na kanë tredhur që ta kemi mendjen vetëm te lufta.

Të kam çdo natë në gjoksin tim dhe flas me yjet. As ata nuk dëgjojnë më, prandaj nuk ua var kush. Po ti... mos më prit më....".

Kjo pjesa e fundit e çorodiste fare. Mori zemër dhe u ngrit duke shtrënguar nofullat. Hyri në banjë dhe përplasi derën pas. Rrëmoi diçka në raft. Pas pak u dëgjua një zhurmë "zzz..." Nëna shkoi vuri veshin pas derës. Trokiti ta pyeste ç'po bënte. S'u dëgjua përgjigje. Trokiti dhe njëherë, pastaj hapi derën.

- E marrë! Ç'po bën? - zgurdulloi sytë ajo.

- Po qethem. Do iki në luftë.

- Edhe?

- Do vras gjeneralët, vetëm gjeneralët dhe do vij. Kaq, mos u shqetëso ti!

Plaka doli nga banja e zbardhur në fytyrë dhe u ul te një kolltuk në koridor. Ajo nuk ia vari fare. Doli jashtë nxitimthi e veshur sportive me një çantë të madhe supit. Për pak u përplas me dikë, një hije të zezë që çalonte. Ktheu kokën dhe e pa me neveri.

- Për ku kështu? - njohu zërin e këpucarit - Kaq vonë, Hirushe?

Ajo ktheu kokën dhe e pa me neveri edhe atë.

- Për luftë. Të shpëtojmë njerëzit që shkuan atje e t'i bëjmë të begatë si ju.

Ai qeshi tinëzisht duke e ndjekur me sy.

Pas pak hypi në një taksi.

- Ec!

- Urdhëro?

- Eccc!

- Për ku?

- Ec, ta them unë!

- Urdhëro? - zgjati veshin taksisti.

- Ec, se ta them unë! - bërtiti, - "shurdhi i dreqit" - shtoi me vete neveritshëm.

Vërtet qyteti i dukej si një letër e palosur rrëmujshëm, apo e zhubravitur, e mandej përpjekur për t'u hekurosur e drejtuar. Por sa cene, sa i tkurrur në vlera tek ajo gjysmë e domosdoshme që mungonte! Apo i dukej sikur mungonte dashuria e saj që tani ishte kthyer në një kufomë me erën e mirë të së shkuarës?

... - Ti ke të drejtë, i dashur, mbase ka edhe pak kohë sa...

Degjoi zilen e telefonit dhe e nxori nga çanta me vrik, thua se priste një telefonatë.

- Je për të vallëzuar sonte? Jemi të ftuara nga forcat ushtarake të... Thjesht të argëtohemi. Si thua?

- Hm... - bëri dhe mbylli telefonin.

Taksisti po fishkëllente një melodi. Ishte ngrohtë dhe xhamat i mbante hapur. Ajo shihte dritat e bulevardit, pastaj gjelbërimin e parkut në muzg. Njerëz të veshur me ngjyra të ndryshme. Melodia që fishkëllente taksisiti i dha një shije të ëmbël. Si ta kishte kuptuar reagimin e saj, ai ktheu kokën dhe e pyeti:

- Urdhëro, folët gjë?

Ajo u mendua një hop.

- Po! Mbaje, mbaje ku të mundesh!

Zbriti, e pagoi dhe teksa fuste portofolin në çantë, pa telefonin. E mori dhe i ra numrit me të cilin foli vetëm pak çaste më parë. Pastaj e futi përsëri në çantë. Rrëmoi aty, nxori një beretë dhe e vuri në kokën e sapoqethur duke ecur drejt një rruge që nuk e dinte ku e çonte.

Por i dukej se kishte ajër, kishte ngjyra. Vetëm kohë, kohë nuk kishte dhe aq shumë...

Nxitoi...

24.05.2014

KËMBËNGULJE ABSURDE

Ajo e kishte kapur në flagrancë pas njëzetë e tetë vitesh.

... - Më në fund... - psherëtiu - më në fund edhe ai e pranoi!

Vuri re që gishtat i dridheshin, ndonëse pretendonte se po ujiste lulet.

U fut në kuzhinë dhe u plas në kolltuk me një farë triumfi. Ndezi televizorin pa e pasur fere mendjen dhe u përqendrua sikur priste të dëgjonte diçka... Diçka që do t'i pëlqente. Mbase edhe për triumfin e saj, pse jo!

Qeshi për pak dhe iu kujtua gjithë ajo luftë e gjatë. Troja s'qe gjë fare para saj...

* * *

Ishin njohur që të rinj, fare të rinj...

Ajo shtatëmbëdhjetë, ai njëzetë vjeç. Loznin pasditeve në plazh deri sa mbeteshin vetëm dhe laheshin në detin e ngrohtë të jugut. E ndienin se nuk rrinin dot veç dhe me t'u kthyer në qytetin e tyre, kishin bërë çmos të takoheshin e të dilnin së bashku.

Ajo kishte shfaqur shenja xhelozie që në fillim. Atij i kishte pëlqyer.

- Kjo do të thotë se më do. - kishte qeshur një ditë duke e pushtuar fort.

Ajo ishte trembur.

- Po ti?...

Ai ishte i bërë serioz në çast.

- Dëgjo këtu, ti bija ime! - kishte trashur zërin si një babagjysh kur jep mësime për jetën, - Dashuria ka për bazë besimin reciprok. Pa të, ajo nuk mund të ekzistojë. Ndryshe do jetë një gjë e zbehtë dhe e vobektë, që mezi do presë edhe vetë të vdesë. Po edhe ti do shërohesh nga kjo mërzitje.

Pastaj e merrte në krahë dhe e rrotullonte, e puthte, e shtrëngonte. Ajo i lutej ta lëshonte se i merrej fryma.

Por ndihej e lumtur.

Asaj i kishte pëlqyer ky lloj ngacmimi, kjo lloj loje që bënte me të. Edhe atij po ashtu. Vazhdimisht ishte i qetë, nuk i kthente përgjigje për gjithë pyetjet dhe mosbesimet e saj. Vetëm e shihte dhe buzëqeshte. Vitet kalonin dhe ata ishin mësuar me njëri - tjetrin, thua se ishin pranuar me gjithë ç'ndodhte mes tyre. Por shpesh ajo e gjente veten të betohej:

... - Unë e di, nuk më bën dot për budallaqe. Do të të kap!

Kalonte shumë kohë duke kontrolluar çantat, xhepat e tij, kroskotin e makinës... Kudo, kudo. Nuk gjente asgjë që të tregonte praninë e një femre tjetër. Nganjëherë i vinte mirë për këtë, ndihej e lumtur dhe në heshtje qortonte veten për gjithë ç'bënte. Por këto ishin rastet kur shkonin kaq mirë dhe ditët ishin kaq të ëmbla.

Pastaj diçka, një si zë i brendshëm i thoshte:

... - Budallaçkë, fjete? Prapë ta hodhi!

Ai kishte nisur të ndihej i bezdisur me kalimin e viteve.

- Mjaft, të lutem mjaft! U bë kaq kohë. Akoma ti?

- Dmth, tani nuk të pëlqen më të mendosh se e kam nga dashuria?

- Kam menduar se do bindeshe një ditë. Por kanë kaluar kaq kohë...

Ajo qeshte ironikisht dhe i largohej.

- Po! Tani me siguri!... Ah, por unë do të të kap se s'bën...

Kohët kalonin. Ai ftohej. Asaj i shtohej pasioni për të gërmuar në të, për të gjetur atë që duhej të gjente, për t'i shtuar vlera vetes, për të qenë një grua e fortë, një grua e zgjuar, një grua vigjilente që i realizon qëllimet e veta.

Ai gjithnjë e më shumë e linte të qetë në pyetjet e saj, në këmbënguljen e saj. E ndiente se i mungonin shumë gjëra të sajat, po mundohej të mos bënte sherr, mundohej t'i zgjidhte vetë ashtu siç dinte.

Ajo vazhdonte si ajo...

* * *

Ndieu t'i ishin mbushur sytë me lot nga kujtimet.
- Një jetë e tërë... - pëshpëriti.
Por një çast mendoi se mbase do ishte më mirë që gjithë atë kohë t'i qe përkushtuar atij, dashurisë së tyre. Të mos kishte lënë aq boshllëqe që koha e mosbesimit ia merrte. Kush vallë do ta kishte gjykuar për këtë?
- Po, po, tani që e kapa kam shumë kohë...
Pastaj u kthye nga pasqyra, kaloi dorën në flokët që kishin nisur të ndërronin ngjyrë dhe i foli vetes:
- Për çfarë me duhet koha tani? Për çfarë?
U ndie një pensioniste që të nesërmen nuk do dinte ç'të bënte më. Tani nuk i duhej më koha, por "ai", që kuptoi se e kishte humbur.
Sa vonë po kujtohej për gjërat më të mira!...
U vesh nxitimthi dhe bëri të dalë nga ajo shtëpi që kishte harruar se qe e tyrja, e quante të vetën. E pikëlloi vetmia ku e pa veten.
- Do iki ta marr, do t'i kërkoj ndjesë. Një jetë të tërë...
Ndieu se ende e donte dhe kuptoi se i kishte prishur jetën dhe atij.
Çuditërisht i erdhi mirë që mund të ndihej i lumtur edhe pa të...

ROLI...

- Të lutem, një biletë për tani!

Sportelistja u habit kur pa një siluetë jo të zakon-shme për sytë e saj në atë vend. Uli më shumë kokën dhe ngrti sytë për të shquar më mirë njeriun që i foli.

Ishte një burrë me shtat mbimesatar, me një kapelë që s'mund ta quaje as borsalinë, as beretë nga ato që ishin në modë tani. Një kapelë e thjeshtë me strehë që mbajnë rëndom punëtorët që punojnë jashtë.

"Prraaaffff", u dëgjua një kërcitmë në drejtim të njeriut që i foli. Zgjati kokën dhe pa se çadra e tij qe hapur nga susta, me sa dukej, e prishur.

- Dreq! - shau burri me zë të ulët duke e mbyllur dhe duke e lidhur pak shtrembër.

- Urdhëro? - pyeti sportelistja si për t'u bindur për kërkesën.

- Një biletë për tani. - përsëriti burri me njëlloj ank-thi apo frike se ndoshta mund të mos kishte më bileta, siç ndodhte atëherë.

Sportelistja buzëqeshi me pak mosbesim.

- Ku po shkoni? - pyeti ajo prapë me ngulm, aq sa e bëri burrin të largohej pak nga sporteli për të parë edhe një herë reklamën e afishuar të shfaqjes, datën, orën... Dhe nuk iu durua pa iu kthyer sportelistes:

- Në Amerikë...

Ajo u habit me shpotinë e tij dhe nuk u ndie mirë.

- Ka apo nuk ka bileta, më thuaj! - insistoi ai me një farë nervozizmi të lehtë.

Gruaja nisi ndërkohë të plotësonte një biletë me ngathtësi, si qëllimisht, ta bënte burrin të pendohej për shpotinë e tij. Pastaj mërmëriti, aq sa tjetri të dëgjonte pak si në mjegull:

- Ka ore, ka sa të duash. Është teatër, nuk është kinema. Është për elitën...

Ai buzëqeshi me njëlloj keqardhjeje dhe ironie njëherësh.

- E di, e di... - tha.

- Eeee, është për një shkallë më lart.

- Po, po... Një shkallë më lart kam hipur edhe unë. - qesënditi ai.

Ajo ngriti sytë si për t'i thënë se s'kishte dëshirë të dëgjonte shaka të tilla. Burri pa këmbët e veta duke qeshur.

- Njëqind e pesëdhjetë lekë. - foli sportelistja me njëlloj bezdie, duke i zgjatur biletën e mbushur me datën, orën dhe numërin e karrikes.

- Sa!? - pyeti burri me habi, duke hequr kapelen e rregulluar flokët.

- Njëqind e pesëdhjetë. - përsëriti pa i ngritur sytë.

- Më falni... të vjetra?

Ajo tundi kokën në shenjë aprovimi.

- Është ndonjë grup amator shkolle, apo provim studentësh? - foli burri duke nxjerë portofolin.

- Jo, jo, trupa e teatrit... Vetëm në fundjavë është treqind lekë bileta.

- Po sikur më the që është për elitën ky institucion apo më bënë veshët? Le që ku ka elitë këtu, mirë the ti, phhh... - bëri burri më shumë si me vete, duke ecur drejt hyrjes.

... - Njëqind e pesëdhjetë lekë? Kushedi ç'shfaqje do të jetë...

Hyri në holl duke treguar biletën dhe po shihte fotot e aktorëve dhe shfaqjeve nëpër vite. Ndjeu mall dhe sytë nisën t'i njomeshin.

... - Sa mirë bëra që erdha! Dreqi ta hajë, kam kaq nevojë për këtë lloj emocioni dhe s'jam bërë mbarë... Po sa lirë dhe bileta... Si ka mundësi kaq pak? Nuk e di, por edhe në muze meriton të paguhet ca më shumë, jo këtu. Ka punë, përgatitje, art hesapi...

Dëgjoi një zë femre.

- Zotëri, zotëri!...

Ktheu kokën dhe pa një vajzë të re, shumë të bukur që po i drejtohej.

- Po zonjushë? - u kthye ai me buzën në gaz e me njëlloj mirësjelljeje pak të tepruar.

Ajo i shihte çadrën dhe buzeqeshte sipas mënyrës së saj për të treguar me sy dhe pa folur.

- Urdhëro, ç'ka? - pyeti burri duke parë këpucët, pantallonat, zinxhirin...

- Çadrën, ju lutem! Nuk mund të hyni në sallë me çadër... - iu përgjigj ajo vështrimit pyetës.

- Ah, po! E ku mund...

Ajo ngriti supet në shenjë keqardhjeje.

- S'di... Këtu njerëzit vijnë me makina.

Ai qeshi lehtë duke e parë në sy:

- Deri brenda me makina hyjnë? Çadrën do ta mbaj, kam frikë se ma vjedhin... - këmbënguli ai me njëfarë ironie dhe duke buzëqeshur miqësisht me vajzën.

U ul në kolltukun me numrin e tij. Sa emocion i kishte dhënë ajo sallë! Kishin kaluar aq vite dhe tani i dukej e huaj. E ëndërronte dikur atë profesion. Pas aq shfaqjeve si amator, kishte kërkuar shkollën.

... - Eh, konkursi!...

Epo s'qe dhe aq kollaj të fitoje pa miq atëherë. Ishte një profesion që sa vinte e bëhej "vend pëllumbash". Në mes të qytetit, me ahaha e ihihihi... S'të binte njeri më qafë. Kështu thoshnin, po se mos e dinte me siguri si ndodhte. Sidoqoftë ai nuk mundi të fitonte.

- Mos u mërzit, - i tha babai. - do marrësh një degë tjetër dhe do bësh një profesion tjetër.

Vërtet kishte mbaruar shkollën që kishte mundur të fitonte dhe...

* * *

Tridhjetë e tetë vjet kishin kaluar, qysh nga interpretimi në këtë skenë pikërisht i asaj pjese që do të luhej sot... Dritat u fikën ngadalë dhe ai u përqendrua. Qeshte me vete, sepse nisi edhe të kujtonte çdo skenë dhe tekstin. Jo vetëm të tij, por të gjithë roleve. Pëshpëriste me kënaqësi pasazhet, batutat. I dukej se ishte në prova si atëherë...

Njëri nga aktorët dukej jo fort në linjë. Për një moment ai e vonoi teksin dhe burri e tha me zë të lartë nga salla. Disa spektatorë kthyen kokën nga ajo anë, por ai nuk i vuri re, kaq i përqendruar ishte. Kishte hyrë padashur në rol.

Pastaj ndodhi...

Aktori e pa shpengimin e tij dhe në lojë e sipër iu drejtua:

- A e dini ku ndodhet kjo rrugë, ky pallat, kjo hyrje? A e njihni këtë njeri?

Ai u ngrit në këmbë dhe i tregoi diku nga prozhektorët:

- Po! E di, i di të gjitha! Ja, atje pas asaj peme do kthehesh majtas dhe do vazhdosh. Pastaj...

Aktori shtangu, sepse ai po vazhdonte të llomotiste ca si tepër.

- Unë jam inxhinier rrugësh, i di të gjitha! Do të t'i shpjegoj imtësisht sa të mos pyesësh njeri tjetër. Shumë saktë. Dikur, eh dikur... E di? Mbase tani në vendin tënd do isha unë, por... eh, histori e gjatë. E kisha kaq qejf këtë profesion. Ja, degjomë!...

Nxori nga xhepi një letër të bardhë, stilolapsin dhe nisi të bënte një skicë, një rrugë, një pallat, një ballkon...

Aktorët e tjerë, qenë thuajse të ngurosur.

Qeshi një çast kur pa që dy punëtorë nga të skenës po afroheshin për ta ndërprerë, prandaj i dha fund vetë:

- Hë, më kuptove? - i tha aktorit duke e parë në sy - Nisu tani, shpejt! Ajo mbase tani ka nevojë për ty...

Aktori tundi kokën në shenjë pohimi dhe u ndie i çliruar. Iku me vrap të lehtë në drejtimin që i tregoi ai me skicën në dorë. Edhe të tjerët më të çliruar vazhduan lojën e tyre.

Ndieu një dorë në sup dhe një pëshpërimë si fishkëllimë:

- Kujdes, ti xhaxha, se po na e prishe shfaqjen...

Buzëqeshi. U ngrit të ikte. Ndihej i lirë, fare i lirë. Ishte futur në një rol pas kaq vitesh dhe askush nga spektatorët nuk kishte kuptuar që gjithçka kishte qenë aq e rastësishme.

E teksa dëgjoi pas vetes duartrokitje fillimisht të ndrojtura, më pas më të forta, nuk e besoi që ishin për të. Ktheu kokën dhe përshëndeti, ndërsa në dorën tjetër shtërngonte çadrën. Atë çadrën gjysmë të prishur...

Jashtë po binte shi. Çadra i duhej akoma...

TË HUAJT...

Ajo u zgjua nga një zhurmë e njëtrajtëshme, një fëshfërimë si tërheqje këmbësh. Dritarja binte nga rruga dhe zhurma të tilla priteshin. Por jo kaq, jo kaq. Pastaj... I dukej se ende nuk kishte zbardhur mirë dhe duhej të ishte qetësi akoma.

U rrotullua në shtrat, mbuloi kokën me jorgan, por nuk gjeti qetësi. E ndieu se të gjitha këto përpëlitje nuk mund të mbaronin pa shuar kureshtjen ç'qe ajo zhurmë. U shtriq si për fiskulturë, hodhi jorganin mënjanë, vuri këmbët mbi parket dhe u ngritur. Shumë pak dritë hynte nga grilat e mbyllura. Nuk po kuptonte në kishte shkuar apo jo ora për t'u çuar. Zgjati dorën nga abazhuri, kërkoi çelësin pastaj dëgjoi një "shkrap" të butë. Dhoma u mbush me dritë. Vuri buzën në gaz e kënaqur që gjeti veten në rehatinë e saj, larg zhurmës bezdisëse që e kishte zgjuar. Me siguri do kishte qenë ndonjë ëndërr. Se ja, tani nuk po dëgjohej më.

Shkoi te dollapi i rrobave, mbase për të zgjedhur se çfarë do vishte. Ndenji një hop dhe u kthye te pasqyra për t'u parë si qe gdhirë fytyra e saj këtë mëngjes para krishtlindjeve. U pa, buzëqeshi, improvizoi një përshëndetje dhe përkuli pak gjunjët në shenjë nderimi. Pastaj afroi fytyrën për të parë më me vëmendje ato qeskat e fryra nën sy. I preku me njëlloj meraku. Ndieu t'i pëlqenin. Brenda tyre kishte njëfarë misteri që nuk arrinte t'i jepte shpjegim.

Mbajti vesh... Përsëri ajo zhurma e çuditshme, ajo fëshfërima bezdisëse... Nxitoi te dritarja, hapi grilën, kurioze për të parë ç'po ndodhte jashtë. Dhe pa... Shqeu sytë nga habia. Një varg i gjatë me qenie të çuditëshme që ecnin njëra pas tjetrës. Ishin njerëz. Po, po, njerëz, njëri pas tjetrit. Ngarkuar me torba, me thasë në kurriz, me gjithfarë rraqesh që i shpërfytyronin siluetat e tyre në lloj - lloj formash të paforma. Të pakuptimta. Dikush me një bastun, dikush me një çadër a me një dru trokitnin tokën, si për të numëruar sa hapa kishin bërë deri këtu.

U tremb. Mbylli perden sikur kishte frikë mos e shihte ndonjëri nga ata dhe vazhdoi të shikonte jashtë fshehur pas copës së rëndë.

- Zot! - mërmëriti me një frikë që i erdhi nga thellë shpirtit. - Ç'janë këta? Ç'duan këtu?

U kthye te garderoba, por nuk u ndie e sigurtë çfarë të vishte. U mendua një çast dhe shkoi prapë te dritarja të bindej për ngjyrën e ditës dhe të zgjidhte një veshje të përshtatur me mëngjesin që sot kishte zbardhur aq ndryshe.

Ata vazhdonin të ecnin duke tërhequr këmbët zvarrë, nga rruga e gjatë që dukej se kishin bërë, të lodhur e të drobitur sa më s'bëhej. Të heshtur. Mbase as të flisnin nuk kishin fuqi. Ku shkonin vallë? Iu duk për një çast se... në distancën që i ndante duhet të shihte një zinxhir me hallka të rënda hekuri që i lidhte me njëri - tjetrin. Por jo, dukeshin njerëz të lirë. Recka bar-dhezi pafund, të palarë. Iu duk se era e djersës së tyre kutërbonte deri te dritarja e saj. Njerëz të ngarkuar, të rrudhur e plakur para kohe, të dobët. Ashtu të tretur sikur donin të fshiheshin në ato rroba të gjera. Gjithçka e atij vargani dukej e lodhur, e shpërfytyruar. Iu kuj-tuan filma nga ata të vjetrit që kishte parë kur ishte e vogël. Habia iu bë frikë. Ku e kishte parë atë skenë... Iu kujtua. Ai vargan dukej si vargu i gjatë i skllevërve të "Nabuko Donosorit".

Ah, se nuk e thashë! Roza ishte njëzetë e katër vjeçe. Studionte për muzikë. Sapo kishin mësuar për mbretin, hebrenjtë e pastaj për operën e famshme. U ndie si të ishte në sallë dhe po shihte shfaqjen e vër-tetë. Dhe rruga iu duk një skenë e mrekullueshme. Reale. Thua se një skenograf i sprovuar kishte marrë përsipër të bënte një mrekulli të tillë.

U kthye rrëmbimthi te garderoba dhe vendosi të vishej bardhezi. Si ata. Do zbriste rrufe dhe do t'i bash-kohej vargut të tyre. Njëlloj kënaqësie po i përvijohej në shpirt. I dukej se do lozte në opera, kishte gjetur një vend aty. I hodhi shpejt e shpejt një ujë fytyrës, lau shpejt e shpejt dhëmbët dhe u vesh. Nxitonte, nxitonte. I dukej se ata po largoheshin dhe nuk do t'i arrinte dot. Po kjo ishte një shfaqje e mrekullueshme, nuk ishin prova.

Si kishte ardhur ky mëngjes kaq mrekullisht!

Kërkoi me ankth në raftin e këpucëve. As kishte kujdes për të mos bërë rrëmujë. Vetëm donte të fitonte kohë. Dhe vuri buzën në gaz e kënaqur, kur gjeti një palë të mëdha, të rënda. Po, po, donte t'i tërhiqte zvarrrë si ata. U pa në pasqyrë, buzeqeshi. Iu duk se ia kishte arritur qëllimit. I pudrosi faqet zbehtë me një pluhur pudre të verdhë. Pastaj pak rimel mbi qerpikë, e mbylli qepallën dhe fërkoi qerpikët të shpërndante rimelin.

- Yess! - bëri e lumturuar, teksa pa që e zeza iu shpërnda nën sy duke i përhapur njëlloj trishtimi në fytyrë.
- Kështu duhet!

Pastaj duke nxituar bëri të dalë, por ndieu që diçka e tërhoqi nga palltoja dhe dëgjoi një "gërrrr"... Ah, gjithë mërzi pa xhepin e palltos shqyer, kapur te doreza e derës. Duhej të kthehej, ose të ndërronte pallton më të vjetër që kishte gjetur për t'iu bashkuar turmës. Por sërish buzeqeshi e lumturuar para pasqyrës. Sytë i ndritën djallëzisht duke iu zvogëluar nga e qeshura që i mori fytyra.

- Yes!... - bëri përsëri dhe shqeu edhe xhepin tjetër.
- Tani jam edhe më tamam si ata...

Nxitoi duke zbritur shkallët dy e nga dy. Por te dera e jashtme u përplas me të ëmën.

- Ku shkon kaq shpejt ti? Je me pushime...
- Po dal. U zgjova dhe nuk më rrihej më në shtrat. Festë është gjithësesi dhe qyteti do ketë zhurmë.
- Kaq shpejt? Zhurmë?
- Mama, nuk e dëgjon?

Me tonin e zërit sikur i tha që duhet të kuptonte se nuk mund të vazhdonte ende të sillej kështu me të. U panë sy më sy dhe... Njëlloj habie apo frike, ndeshi në sytë e së ëmës dhe nuk e përballoi dot. Bëri sikur rregulloi flokët dhe i dha trupit përpara. Nëna e pa nga koka në këmbë dhe bëri habi për veshjen e saj.

- Pse je veshur kështu? Kush ju ka mësuar?

- Na ka? - shqeu sytë Roza - Ç'do të thuash?

- Po, ju ka! Pashë edhe të tjera shoqe të tuat veshur si ata. Si ty. - korigjoi ajo. - Dhe është kaq shpejt, është ende mëngjes, është ftohtë.

Roza qeshi butë, ëmbël. Si të vinte paqe mes habisë së nënës dhe këmbënguljes së saj për të kaluar pragun e portës. Fundja vetë e pranoi se ajo nuk do ishte e vetme këtë mengjes rrugëve të qytetit e zgjuar me atë kërshëri, e veshur ashtu...

E puthi nënën me një çukitje në faqe, kaloi pragun dhe nxitoi në rrugë, në jug të qytetit, andej nga besoi se vargani vazhdonte udhën. Një fllad i freskët, një gati ciknë e ftohtë i veshi faqet. Thëllim i këndshëm për stinën ku ishin. Dita dukej të qe shumë e bukur, por dielli ende nuk kishte dalë. Ajo e dinte se janë netët më të gjata të vitit. Bëri të nxitonte përsëri duke kërkuar gjurmët e tyre... Iu bë të kthente kokën dhe një ndjenjë qetësie i erdhi nga brenda vetes. Një turmë tjetër vinte pas saj. Ngadalësoi hapin gjersa ta arrinte. Dëgjoi që flisnin me zë të ulët, me ca si pëshpërima të fshehta që askush të mos i kuptonte. Flisnin një gjuhë të çudit-shme. Po si merreshin vesh me atë gjuhë që asaj iu duk aq e ngatëruar?

... - Eh, edhe kafshët kanë gjuhën e tyre. Ndoshta, ndoshta edhe bimët, lulet... E jo këta që janë njerëz. - buzëqeshi me filozofimin e saj.

Iu afruan. Ja, ky qe kori i skllevërve hebrej të "Na-buko..."! Tani në heshtje, por pas pak do ngrinte krye ndaj mbretit babilonas. I dukej se mezi priste aktin pasardhës. Ndiente të kishte një përndezje në gjoks. Mërmërinte melodinë e mrekullueshme dhe i dukej se të gjithë po i bashkoheshin në kor. Ata ndaluan diku, mbase për t'u çlodhur. Disa vazhduan të ecin dhe me zë pak më të lartë flisnin me shokët që ndaluan. Ishte një ton si agresiv, inatçor, por që të ndaluarit nuk i përgjigjeshin.

Ajo shihte me vëmendje çdo veprim, çdo lëvizje të tyre. I pëlqeu të qëndronte me njëlloj justifikimi, ndaj edhe ndaloi në një nga vitrinat e dyqaneve.

Ata shkarkuan nga supet çantat e dengjet dhe u ulën të rraskapitur mbi parmakë betoni. Hapën ca torba lecke dhe nxorën ushqime. Gjithçka dukej bajate në atë grumbull sendesh që haheshin. Kuti të deformuara konservash, shtypur e çarë, bukë e ndenjur, djathë i thërmuar... Ajo i numëroi, u fut në market dhe u bleu nga një çokollatë dhe me njëlloj ndrojtjeje se mos nuk do t'ia pranonin, ua zgjati. Ata panë njëri - tjetrin dhe njëri, një trupgjatë i bëshëm, iu afrua. Zgjati duart drejt të sajave dhe i mori të pesë çokollatat. Ajo i shtërngoi edhe pak, enkas që ai ta prekte si pa dashje. Do kishte dëshirë t'i mburrej shoqeve se i kishte parë, i kishte takuar, i kishte prekur ata. Po, po, i kishte prekur të gjithë nëpërmjet njërit, prijesit të tyre.

Vështrimet u kryqëzuan. Ai i buzeqeshi lehtë dhe përkuli kokën për falenderit. Ajo e pa me admirim. Diçka tha në gjuhën e tyre të habitshme. Diçka që ajo nuk e kuptoi sigurisht, por ndieu për mirë. Kur foli, i pa dhëmbët e bardhë e të bukur, që tregonin se djaloshi ishte i ri, i fuqishëm. Ndërsa të tjerët... nuk dukej të kishin gjallërinë e tij. Me siguri ky duhej të ishte prijësi i atij grupi të vogël. Asaj i vinte mirë. I pa gjoksin t'i ulej e t'i ngrihej nga emocioni i mirënjohjes, pa ditur si ta bënte fjalë në gjuhën e saj.

- Nga jeni? Ku shkoni? - pyeti ajo e sigurtë se do arrinte të kuptoheshin.

Ai ngriti supet, tundi kokën si për "më vjen keq që nuk flasim dot" dhe u largua për te shokët. Njerëz të tjerë që panë ç'bëri ajo, nxituan në market, blenë bukë, djathë sallam dhe ua dhanë të huajve. Ata ende nuk kuptonin se ç'po ndodhte. Por ndiheshin mirë me mikpritjen dhe gjithë ç'po merrnin për të ngrënë. Të habitur dhe të kënaqur.

Roza ndihej edhe ajo mirë. Për aq pak kohë ata po ndjeheshin të sigurtë në vendin ku kishin ndaluar. Po merrnin ngrohtësi nga njerëzit e atij qyteti. E ndiente se ata do bëheshin pjesë e qytetit të saj. Ishte e sigurtë që kishin ardhur për të mos ikur më. I pëlqente qyteti kështu. Kjo ide iu duk si fundi i misterit që kishte nisur atë mëngjes të bukur. Ndaj iu bë t'u thoshte:

- Ngrihuni tani të ecim! Do ikim bashkë atje për ku ishit nisur! Ja, do vij dhe unë me ju! Do t'u tregoj vendet e bukura të qytetit tim...

Dukej se nuk kishin të ngopur. Pastaj dikush nga burrat vendas nisi të bisedojë me ta, të merrej vesh më shumë me shenja dhe me ndonjë fjalë të rrallë. U bënë dy, pastaj edhe më shumë njerëz që komunikonin me të ardhurit. U ndie xheloze. Fundja ajo ishte e para që kishte hedhur urën e të biseduarit me ta.

Dielli i porsalindur nisi t'i vrasë sytë. Hapi çantën dhe nxori syzet. Ndërsa ata... Ata u ndien më mirë nën rrezet që po u ngrohnin trupat e mardhur nga një natë e gjatë që s'dihej kur kishte nisur dhe sesa kishte zgjatur. I erdhi keq kur njëri prej tyre po shihte me kureshtje çfarë do nxirrte nga çanta. Po përveç një buzëqeshjeje, ajo nuk kishte ç't'i dhuronte më.

U kthye në shtëpi me një pështjellim ndiesish. Në atë gjendje mëdyshjeje po kalonin ditët...

* * *

- Merr edhe ti ndonjë! Apo ca... se të duhen. Ndihmë për ne dhe ndihmë për ta është. Gjynah! Punë kërkojnë, ca para t'ua dërgojnë familjeve.

Ishin fjalët që vinin një pasdite nga dhoma e ndenjes ku nëna dëgjohej tek i imponohej babait.

... - Për çfarë ta ketë fjalën? - mendoi vajza duke vrarë mendjen.

- Dhe të lemë tanët pa punë? Kështu thua ti?

- Pak kërkojnë ata, merrini për të mirën e përbashkët. Ke punë ti ke, ke për të gjithë.

Babai nuk u përgjigj më. Mendohej dhe tymoste cigare duke parë larg dritares, aty ku dielli kishte nisur të varej si medaljon mbi kodra. Vetëm se herë pas here ajo dëgjonte psherëtimat e tij.

- Nuk e di, nuk e di si do vejë kjo punë... A kemi shtet ne, a kemi polici, a kemi ushtri? Na kanë hyrë deri në shtëpi pa zhurmë fare... fare...

- Hesht! - iu hakërrua gruaja. - S'erdhën me dhunë.

- E, e, ashtu pa zhurmë erdhën. Na u kthye Kali*

*Eshtë fjala për Kalin e Trojës.

mbrapsh. Prite kur të zgjidhen në pushtet pas ca kohe.

- Mos u bëj paranojak! Ata janë copë - copë...

- Më thua mua ti? Ata janë të zgjuar, janë të zgjuar. Skamja dhe nevoja i ka bërë më të zgjuar, më të djallëzuar, më hajdutë. Janë mësuar të jenë në pronën e askujt. Dëgjomë mua ti! E kam dëgjuar këtë plan që prej shumë kohësh. Eh, do na marrin më qafë!

Gruaja iu afruar me sy të zmadhuar.

- Frikacak i madh qënke bërë. Ik merr, sa s'është vonë e bëhu si shokët! Zgjidh ca të mëdhenj e të fortë, sa ke mundësi të fitosh shpejt e shpejt ca para nga puna e tyre. Dhe leri fjalët e tepërta.

- E pse të nxitoj? Mbaruan? Tani që u hapën portat, do mësyjnë të tërë. Këta të parët janë më të guximshmit, më të paturpët, më horrat, më të vjetrit. Dhe mos të të dëgjoj më të më japësh urdhra! Se pastaj, edhe kur del keq, prapë mua ma hedh fajin...

- Budallaaa! - iu kundërvu e shoqja - Merr tani dhe shih e bëj kur të vijnë të tjerë, ler ca e merr ca. Këta të parët janë më të vuajturit, këta gënjehen me pak. Ata që vijnë më pas, janë të luksit. Phhh... Këta tani nuk dinë as çmimin e punës, as çmimin e bukës. Eshtë tamam kohë për të fituar.

...Rozit i erdhi në mend prijësi që i preku duart dhe të paktën me atë që tha babai për pamjen e tyre, nuk ishte dakort. Le që... kush e pyeti atë njëherë!

Pastaj ndieu se prindërit po pinin kafenë në heshtje. I ati u përmend sikur e pickoi gjarpëri.

- Vras mendjen dhe nuk e gjej pse këmbëngul kaq shumë ti. Ç'i do xhanëm?

Mamaja duhej t'i ishte afruar, se zërat u ulën.

- Sepse dua ca para më shumë, dua edhe një shtëpi tjetër, dua ca rroba që më ka shkuar mendja prej kohësh dhe ti nuk m'i blen dot. Merri ata qorra dhe fito ç'ke për të fituar, sa s't'i kanë marrë të tjerët apo edhe ata vetë. - forcoi zërin kërcënueshëm ajo. - Dua të marrim një makinë të re, të dalim kudo, të bëjmë përsëri dashuri si në rini, me aq zjarr e pasion... Pse jo edhe një jaht... Pse jo! Të bëjmë dashuri të them! Me ty! Në det, në mal, aty ku nuk kemi bërë akoma...

Ai sikur u mposht. Diçka kujtoi të thoshin për ç'pësojnë gratë në moshën e saj dhe me sa duket e shoqja e kishte shkelur atë prag. E dinte aq mirë që nuk mund të kthehej më kurrë në ato kohëra të bukura për shumë arsye. Por...

U zbut dhe me një farë toni që Rozit nuk i kishte pëlqyer asnjëherë, iu kthye së shoqes:

- Katja... nuk e kupton ç'do të na gjejë? Vërtet nuk e kupton?

Ajo e vështronte me fytyrën shndërruar në një pikëpyetje të madhe.

- Katja... ata kanë ardhur pa gratë...

- Edhe...

- Po si mund të rrojnë pa femrat e tyre? Do lahen, do shpëlahen, do lajnë rrobat, do gatuajnë, do...

- Edhe....

- Do duan femrat të argëtohen, të ëmbëlsohen, të flenë qetë mbi gjinjtë e tyre. Aty shihen ëndërrat e bukura, aty rritet shpresa. Dhe shpresa është jetë...

- Zot! Ku të shkon mendja, Ano!

- A s'më thua, kush po më nxit mua tani për të fituar? Kush?

E shoqja diç bluante pa folur, po dukej që edhe flokët i ishin elektrizuar. E kishte nisur atë bisedë dhe i duhej ta çonte deri në fund. Sot! Tani! Por me sa dukej, ai nuk po i linte rradhë

- Do shohin tek ju, Katja, nuk e kupton? Ti je ende e re, e mbajtur. Një më i ri se ty nga ata, ngjan si babai yt. Po Rozi? Më thuaj... Nuk e ndien sa ka ndryshuar Rozi, që kur ata pushtuan qytetin?

Ajo po përgatitej për një argument serioz.

- Do t'i sjellin edhe femrat e tyre. Me siguri... - tha si fillim.

- Po. Këtë po të thoja. Dhe pastaj do kërkojnë t'u rritet paga, se do jetojnë me çmimet e këtushme. Do lindin fëmijë, do kërkojnë shkolla, do na rrisin taksat. Do bëjnë sindikata, greva... Do lëmë tanët pa punë, më degjon, grua? - ngriti zërin ai.

- Edhe? Ti nuk fiton nga këta që ke? Ah... frikacak! - iu kanos e shoqja. - Punë ke, po s'ta mban! Ata do vijnë dhe ne do t'u lëshojmë shtëpitë me qira. Kemi vite që s'i përdorim e po bëhen gurë - gurë. Ata do t'i rregulloj-në e mirëmbajnë. Ja, pra, si do t'i fitojnë paratë dhe si do t'i lenë. Me njërën dorë ua japim, me tjetrën ua ma-rrim. Ahaaha! Njerëz janë, fundja. Nëse e teprojnë, fshe-sën! Po, po, fshesën!

Rozi duhej t'ua ndërpriste bisedën. Një shije të hi-dhur kishte në gjuhë dhe fyti po i thahej. Nuk ndihej mirë për atë fjalosje. I dukej se të dy ia fusnin kot. Ata njerëz ishin aq të mirë...

...E nesërmja ishte festë. Dhe asaj me të hapur sy-të, iu duk se qyteti kishte zhurmë më tepër se çdo mëngjes tjetër. U pa në pasqyrë dhe iu duk vetja edhe më e re, edhe më e njomë. Iu duk se mezi priste të dilte, se kishte përse të dilte. Nën sy nuk i shiheshin më ato qeskat. Qyteti i saj që deri dje i dukej i vjetëruar, sot e grishte me diçka të re. Qyteti i saj po lindte. Po, po! Po lindte në këtë ditë feste. Rrugët i dukeshin më të pastra, më të gjera. I dukej se edhe ato prisnin të për-doreshin më shumë. Degë pemësh të lakuriqta dukej sikur shpupuriteshin dhe duartrokisnin. Ishte festë. Ata ishin mbledhur pranë kishave të qytetit. Sot sesi iu dukën, më të çlodhur, më të qeshur, më me jetë. Ndieu t'i donte. Ndieu se do t'i donte edhe më shumë. Kishte brenda saj dëlirësi, i qeshte shpirti.

Po atë gjoksbronxtin nuk po ia zinin më sytë. Ku të qe vallë? Ndiente brenda vetes njëlloj ankthi përzier me një trishtim të ëmbël. U afrua pranë tyre dhe me një buzëqeshje u zgjati një thes me rroba, që e ëma ia kishte lënë te shkallët. Ata e panë me njëlloj dyshimi nëse qenë pë ta, pastaj në grup nisën të ngrenë edhe zërin, duke e ndarë pak si rrëmujë.

Çfarë njerëzish ishin këta! Kishin kaq ditë në qyte-tin e saj dhe ku me punë e ku pa punë, ku me strehë e ku pa strehë, mbijetonin. Ndanin çdo gjë me njëri - tjetrin. Dhe grindeshin për çdo gjë. Edhe këndonin mbrëmjeve, sapo muzgu binte dhe nata ftohej, pastaj qanin nëpër kabina telefoni. Pse vallë ngashërenin kaq shumë?

Kërkoi me ditë të tëra për djaloshin që kishte takuar ditën e parë. Me siguri për diku tjetër kishte vazhduar udhën, i bukuri që e kishte tërhequr aq shumë atë mëngjes pragfeste. Por tani të gjithë i dukeshin si ai...

NJERIU NË GUR

Dëgjoi një zhurmë makine, u bë kurioz e doli te dera e studios që i kishin caktuar të punonte. Në atë orar kjo zhurmë nuk ishte e zakonshme. Pa një shi të imët që kishte nisur dhe një makinë me karroceri që po afrohej. Dy burra të fortë mbi të, mbanin me duar diçka të mbuluar.

Makina erdhi thuajse te dera. Nga kabina zbritën edhe dy burra të tjerë. E përshëndetën vakët. Njëri u foli atyre mbi karoceri.

- Hajt, se arritëm, këtu do ta lëmë!

Ata lëvizën pak duke parë njëri - tjetrin për radhën e veprimeve.

- Hajt, ore, lëvizni se u bëmë qull!

Pastaj u kthye nga skulptori që rrinte në prag të studios.

- S'të kanë thënë gjë akoma, ë?

Skulptori ngriti supet i habitur dhe e pa drejt në sy për të kërkuar diçka më shumë. Burrat që ishin lart mënjanuan mbulesën. Nën të u shfaq një gur i bardhë shumë i bukur. Skulptori ndiqte lëvizjet e çdonjërit, ndërsa dëgjonte burrin që mesa duket ishte i pari dhe i udhëzonte si të vepronin.

Dy burrat e makinës nxorën një metër druri, nisën të masnin gurin dhe të mbanin shënime në një bllok. E afruan në cep të karocerisë për ta shkarkuar.

Skulptori ndieu se po binte në dashuri me atë gur të mrekullueshëm. Ai material i shkëlqyer do ta ndihmonte të merrnin vesh të gjithë kush ishte talenti i tij.

- Ia kemi shkulur malit nga zemra. - tha gjithë krenari njëri nga burrat që zbritën nga karroceria - Eshtë gur shumë i mirë, do ta shohësh vetë...

Asnjë fjalë nuk kishte thënë skulptori, as shoferi që tymoste indiferent.

- Pas dy javësh ka ditëlindjen udhëheqësi dhe ti do gdhendësh bustin e tij...

Skulptori pa gurin të qante. Në një qoshe sikur i pikuan vërtet lotë, jo çurga nga shiu që po shtohej...

Tundi kokën në shenjë aprovimi dhe ngriti dorën të merrte një pusullë që i zgjati burri i parë. Ishin përmasat e gurit.

- Mos humb asnjë copë kot nga ky gur. Kjo është fatura e mallit. Dhe do t'i referohesh kësaj fotoje. Bëje të flasë, kot nuk e sollëm tek ty. - dhe nxori nga portofoli një foto të udhëheqësit.

Ata ikën dhe ai mbeti vetëm me gurin mbi platformën e punës. E fshiu dhe nisi t'i fliste nën zë.

Iu duk vetja si... Jo, jo, ai tjetri quhej Xhepeto dhe ishte prej druri njeriu që bëri. I tiji do të ishte në gur... Dhe çfarë njeriu!... Ufff as duhet të guxonte të mendonte më shumë se kaq. Nisi të provonte si gdhendej. Oh, sa mrekullisht thyhej çdo cifël!... Kishin të drejtë edhe ata burrat, por edhe intuita e tij që nuk e kishte gënjyer; guri ishte shumë i mirë për t'u punuar.

U habit kur pa sa kishte vajtur ora... Nisi të skaliste vetëm si për provë dhe bëri goxha punë.

Dita - ditës mëngjeseve i dukej se njeriut në guri i rritej hunda, si njeriut prej druri të Xhepetos. Habitej dhe bënte kujdes, po sa më shumë kujdes kishte, aq më shumë dukej se gabonte. Ose gabonte njeriu në gur.

Një mëngjes hunda iu duk vërtet e madhe. Si mund ta paraqiste kështu? I ra me çekiç gjithë inat dhe e theu. Deri në rrëzë. Pastaj u pendua, u friksua. Nxitoi të korrigjojë gabimin, por qe e pamundur.

Vuri kokën mes duarve me bërrylat mbështetur mbi gjunjë, trishtueshëm për ç'kishte bërë. E mblodhi veten dhe nisi të shihte njeriun në gur. Tani i duhej ta zvogëlonte në të gjitha përmasat. Dhe ndieu ta kapte paniku për aq pak kohë sa kishte mbetur. Instikti e bëri të nxitojë, sepse edhe mund t'ia dilte. Duke punuar e duke menduar njëkohësisht ç'duhej bërë që të kapte afatin.

Gjithësesi, ashtu shpejt e shpejt duke e zvogëluar në shpatulla, hoqi nga guri një copë të mirë. Për nja dy a tri orë, u mor me të dhe bëri kokën e të atit.

- Me ç"materiali e ke bërë? - e pyeti babai i habitur.

Ai e pa dhe i shkeli syrin.

- I hoqa një pjesë nga shpatulla... Atij. Doli tepër...

I ati u xhindos. Sytë i shkrepën zjarr. E rrëmbeu dhe e flaku tutje kokën e tij të gurtë. Me siguri kishte rënë diku nëpër gjyma bakri, se bënë një potere të madhe duke rënë mbi njëri - tjetrin.

Mori biçikletën dhe u nis përsëri për në studio. Ndihej i vrarë nga sjellja e babait, por fundja shpirtërisht i jepte të drejtë. Arriti dhe punoi gjithë natën për të rregulluar gafën që kishte bërë. Gërryej e gërryej dhe...

Të nesërmen e pa njeriun e gurit aq të vogël, sa u tremb. Iu kujtua pusulla e atij burrit që hiqej si i parë. Uf... edhe ajo matje përmasash e trembi...

Doli me një thes të mblidhte guriçka për të zëvendësuar pjesën që mungonte. I dukej tani se udhëheqësin po e mblidhte rrugëve me guriçka që i kishin përmjerë qentë. E drithëroi ky mendim, i kalli frikë.

U kthye në studio dhe përzieu të gjitha mbetjet. I bëri dhe një retushim njeriut në gur dhe iku në shtëpi me ankthin për ç'e priste të nesërmen.

... Ata mbërritën pas mesditës të merrnin veprën. Kishin ardhur me një makinë të... madhe.

- Kaaaq! Kaq doli? - u çmerit e bërriti me ton të frikshëm burri që solli gurin e që duhej të ishte i rëndësishëm

Skulptori iu afrua dhe i tregoi pirgun me guriçka.

- Këto ç'ti bëj? T'i ngarkoj?

Tjetri e pa me inat. Ngarkuan lehtësisht bustin dhe hipën në makinë.

- Do shihemi!... - e kërcënoi nga xhami i hapur dhe u larguan duke lënë pas tym sterrë të zi...

Hëpërhë skulptori u ndie i qetë, por nuk po e harronte dot fytyrën e ngrysur të burrit.

U shtriq si për t'u ç'lodhur dhe ndieu diellin t'i vriste sytë...

NËNA...

- Ika unë. - tha ajo gëzueshëm dhe rrëmbeu çantën të dilte vrap nga zyra.

- Ç'pate ti? Dale... Ku shkon? - e ndoqi me sy shoqja e habitur, teksa ia pa sytë me lot.

Ajo stepi një çast. I kapi duart dhe u kthye.

- Më fal, thashë se më kuptove. Eh... Në fakt s'kishte si, por mua më duket se atë telefonatë e dëgjoi gjithë bota. Të voglit tim i është aprovuar bursa për një universitet në USA. Më fal... Ika... S'më mbajnë këmbët dhe...

Shoqja qeshi, e uroi dhe sikur e shtyu të fluturonte drejt derës.

... - S'di si do t'i thyej këmbët deri në shtëpi. - mendonte dhe nxitonte.

Përshëndetej me njerëz rrugës, i vinte të thërriste:

- E morët vesh? Fitoi ai! Eshtë i mrekullueshëm, e dija unë!... Do fitonte se s'bën!

Po e mbante veten dhe mendonte që këtë ta bënte pasdite. Po, po! Do dilte me djalin përkrahu dhe si rastësisht do takonte njerëz e do t'ua thoshte. Fundja, kishte të drejtë të krenohej. Po fundja... Le të plasnin edhe ata që i kishin inat. Fundja, me forcat e tij çau. Thonë se familja është bazë dhe nuk thonë kot...

Ja, do bënte çmos t'i dilte para edhe asaj... mburraveces që sa vinte në kafe, numëronte bëmat e fëmijëve te saj, a thua se vetëm ajo kishte pjellë zheni.

... - Po asaj... Hm... asaj do t'ia bëj ndryshe. - mendonte dhe fliste me mend.

Pastaj qeshte me ato që mendonte. Lumturohej...

Ashtu gjithë nxitim mbërriti në shtëpi. I ra ziles gjatë, por mesa duket nuk kishte njeri. Uf... gjithë ai vrap... Dhe nisi të kërkonte çelësat në çantë.

... - Ja, prit. Do t'i kem te xhepi i vogël. Ah... Te kuleta... Jooo!

Iu kujtua t'i kishte harruar në zyrë.

S'ka gjë, do t'u telefononte djemve dhe ata nuk do qenë larg. Po telefoni... Ah, telefoni as në xhep, as në çantë... Ndieu ta mbulonin djersët. Sot ishte një ditë e nxehtë, ca edhe vrapi....

... - Ku e lashë dreqin, ku e humba? Mbase mbi tavolinën e zyrës kur mora çantën. Uf... po ku janë shejtanërit?

Ashtu, me një buzëqeshje njeriu të zënë ngushtë, i kërkoi telefonin fqinjës.

- Ku jeni, zemër? Eh... Unë dua të vini në shtëpi tani, se nuk kam çelës. Po, po, tani!

Po priste aty jashtë në trotuar. Ç'nuk i vinte në mend dhe donte medoemos t'i sistemonte. Po sa kuj-

50

tonte se kishte vënë rregull në tru, gjithçka përmbysej
e niste nga e para.

- Ku ikët, zemrat e mamit? Po ti je më i madh... Ky
duhet të përgatitet... Shpirt... - dhe puthi të voglin.

Ata po e shihnin me habi.

- Sot niset? - ngacmoi i madhi me një lloj xhelozie.

E vështroi me qortim dhe nisën të ngjiten në shtëpi.

Vëllezërit panë njëri - tjetrin dhe vunë buzën në
gaz. Ajo e ndieu që ai dreq sistemimi nuk po ndodhte
akoma. Në shtëpi u përball me kalendarin dhe nuk
përqendrohej dot të numëronte ditët.

- Njëzetë e tre... - i tha i vogli si t'i lexonte trurin dhe
qeshi me shpoti.

- Aq! - buzëqeshi ajo dhe pa orën - Uf... Nuk po vjen
as ai. - tha për të shoqin.

Djemtë e morën dhe e ulën në kolltuk me ledhatim.
E rrethuan dhe e përkëdhelnin.

- Hë, ma.... Të ikim ne tani?

- Ku? Kemi punë, duhet të përgatisim djalin.

- Ahahahaaa - qeshën të dy - Ka edhe njëzetë e tri
ditë maaa...

Ajo sikur u përmend. Buzëqeshi dhe u dha leje të
dilnin. Vërtet, ç'ishte ai nxitim?!

Të tre burrat e asaj shtëpie në ditët në vazhdim
ndienë sesi ajo punonte e shpërqendruar me veten.
Zgjidhte valixhet, rrobat e djalit. I ndërronte përsëri. I
mbushte, i peshonte... E ata qeshnin. I dukeshin ditët
minuta... Pastaj lodhej dhe i dukeshin vite.

Ulej dhe shihte hartat, lexonte qytetet.

- Dëgjo, ke tri ndalesa rrugës zmr... Të parën... Ah,
dëgjomë me vëmendje!

Ata përsëri qeshnin.

- E di e diiiii... Jam tranzit në... Pastaj tri orë e gjysmë në... Ahahaaa, mos u merakos maaa!

Ajo kthehej dhe mbante nervozizmin, përpiqej ta provonte në anglisht, por ai e korigjonte shumë shpesh dhe ajo e ndiente veten të pafuqishme.

- Do më marrësh në telefon kudo që të jesh, ë? Dëgjon? Eshtë hera e parë zmr... Kam merak. - dhe shkrehej në lot - Nuk dua të ma bësh si këta që ikin dhe s'e kthejnë më kokën pas.

I biri qeshte dhe e merrte me të mirë.

Dita e ikjes kishte ardhur më në fund. Askush nuk kishte guxuar t'i ndërhynte te valixhet. E lanë të qetë të bënte çfarë donte dhe ajo e kishte kaluar qetësisht. Por natën e fundit ai mistreci i vogël, amerikani siç kishin nisur t'i thoshin me shaka, e kishte bërë proçkën. Kishte hapur valixhen dhe qe habitur.

- Ma? Për çfarë e ke fut këtë bluzë? Po këtë? Uf...

- Do jetë ftohtë shpirt. T'i kam zgjedhur me kujdes.

- Po këto nuk më bëjnë më që nga vjet, e jo sivjet.

Ajo i hodhi një vështrim hetues, e pa dhe e mati me sy të birin. Ndieu një lloj faji në vete dhe sytë nisën t'i mbushen...

- Po këto këpucë? Po këto?...

Ajo nxitoi t'i shihte përsëri dhe të rregullonte ndonjë gabim, pa u bërë gazi i tyre. Nisi t'i prekte rrobat dhe të lotonte. Siç dukej, valixhja do hapej nga e para. Ajo heshte. Në fund i biri gjeti një dosje.

- Po kjo?

- Eh... - psherëtiu nëna - Janë ca foto nga tonat... Të mos na harrosh. Vëri te komedina...

I biri e kapi nga supet dhe e pa në sy.

- Do flasim në skype, ma. Kam gjithë ato foto në celular, në laptop... Duhet patjetër të mbaj edhe këto?

Ajo e ndieu të birin të rritur dhe i ngashëreu në gjoks.

Pastaj risistemuan valixhen që u mbush pak mbi gjysmë.

- Ja, të të sjell edhe xhupin e dimrit, atë që të bleva vjet, të kuqin që ti e pëlqen shumë. Pse të shkojë valixhja nën peshë?

I biri qeshi pak e nuk ia prishi. Thuajse nuk fjetën atë natë. Kur do niseshin, ajo nxori tri qese me monedha.

- Që të mos më thuash pastaj se nuk kishe monedha për të marrë në telefon. I ke të ndara sipas shteteve ku je tranzit.

Të tre e panë të habitur.

- Tani në këto shtete ka vetëm euro... Mami!... - dhe qeshën pa të keq.

I pa me inat të tre.

- Edhe ka mbetur ndonjë kabinë me monedhat vendase, po hë. Nuk dua të më thuash nuk kisha, kupton? - iu kanos të voglit.

Ai pa nga i ati dhe i mori.

U përqafuan dhe u ndanë.

- Të pres, shpirt i mamit, më telefono!

Me t'u kthyer në shtëpi, bënë një kafe dhe u ulën në kuzhinë. Asnjëri s'fliste. Në çdo pesë minuta ajo shihte orën dhe psherëtinte.

- Qetësohu dhe mos bëj kështu! Gjithçka do shkojë mirë. - i pëshpëriti i shoqi.

Ajo e pa gjatë në sy dhe shkoi zuri vend te telefoni. I duheshin edhe shumë orë të priste aty, po asaj i dukeshin shumë vjet gjersa të binte ajo zile... I ndiente të gjitha lëvizjet në shtëpi, por nuk reagonte. Ata të dy ecnin lehtë. Çdo gjë përvijohej si në ëndërr. Gjithësesi për një çast u zgjua, por nuk lëvizi.

- Gjithçka do shkojë mirë. - i kishte thënë ai dhe ajo e besonte.

Po, po e besonte!

Buzëqeshi dhe u shtriq në kolltuk, por vendin pranë telefonit nuk e lëshoi edhe për tetëmbëdhjetë orë të tjera...

19.08.'14

PRINCAT...

Ata erdhën me një anije madhështore dhe u pritën siç u ka hije dy princërve. Ishin të bukur, shumë të bukur. Njeri më i mirë se tjetri. Ishin të rinj, shumë të rinj. Të qeshur. Shumë të qeshur. Dukej se llastoheshin edhe me fluturat që u vinin vërdallë sapo zbritën...

Ishte pranverë dhe dukej se edhe fjalët merrnin aromë nga lulet e çelura. Ajri ishte plot ngjyra. Ata ecnin përkrah njëri - tjetrit. Pas vinte vargani i ushtarëve që i shoqëronin, njerëzit që mbanin dhuratat që sillnin si shenjë miqësie. Vëllezërit ecnin e flisnin të qeshur. Ishin në krye të vargut që zhvndosej plot solemnitet.

Ngjanin shumë, por gjithësesi dukej se kush qe më i madhi. Shpatullgjerë dhe truplidhur. I bërë gati për luftë e për të trashëguar fronin e babait që rrënohej dita - ditës. Ezmer, me një lëkurë të lëmuar nxirë nga dielli, me sy të ndritshëm, me dhëmbë të bardhë që binin në sy qysh larg kur qeshte. Të imponontë res-pekt e njëkohësisht autoritetin e një mbreti të fortë në ardhje e sipër. Por edhe i frikshëm në gjithë atë zhdërvjelltësi që tregonte kur ecte apo ndiqej e lozte me të vëllanë. Në krahun e majtë i dallohej një plagë e mbyllur që dukej si medalje, si trofe e një lufte të fituar. Ishin kohë kur të atilla plagë bëheshin edhe enkas, si për të hijeshuar trupin e djemve që pritej të bëheshin luftëtarë të famshëm. Ishte një lloj e treguare e guximit dhe trimërisë që mbarte luftëtari. Mbase për një princ, bir i mbretit të mbretërisë që ndriçonte, një plagë e tillë nuk ishte shumë e nevojshme, po për të thoshnin që ishte biri i luftës. Apo ishte plaga e asaj ndodhisë së dëgjuar e të kthyer në një legjendë të re e të pabesu-eshme?

I vogli dukej më i zbehtë. Me një fytyrë më fëmi-nore, por aspak naive. I veshur me rrobe më të zbar-dhëta. Lozonjar tek i ikte e i fshihej të vëllait. E teksa vraponin ashtu duke u ngacmuar, mbreti që i priti si miq, u ngrys më shumë.

- Sa të njomë!... - mërmëriti nëpër dhëmbë.

Pastaj u kthye nga vëllai.

- O tani, o kurrë! I ati është i sëmurë e në fund të jetës. S'ka më fuqi, është koha kur njeriun s'di ç'të or-ganizojë më parë. Po u fuqizuan edhe pak, këta nuk i mundim dot më. Na duhet një arsye sherri...

Vëllai e pa me kureshtje duke fërkuar mjekrën. Pastaj u ngrit dhe i bëri shenjë te ngrihej edhe ai e t'u dilnin përpara miqve.

U takuan. I ulën në frone të ngritur enkas për ta. Dhe festa filloi. Me verë të mirë, të vjetër. U thyen kupa mes të qeshurash gazmore. U shkëmbyen dhuratat... Princat e rinj qeshnin pa fund. Në qafat e tyre damarët gurgullonin e përcillnin rrëke gjaku plot gjallëri e jetë.

Mbreti, i zoti shtëpisë, mori frymë thellë, shtërngoi no-
fullat dhe u gëlltit plot mllef e inat. Pranë tij, një njeri
me sy të qeshur që ndrinin plot dinakëri, lozte me një
lodër të vogël në duar. I buzëqeshi si të donte t'i tho-
shte diçka, por ai e pa me mospërfillje. I bëri shenjë
njërit prej shërbëtorëve.

- Thuaji mbretëreshës të hyjë tani!

Por sapo shërbëtori mori të nisej, njeriu me sy xi-
xëllues e kapi nga krahu.

- Më vonë! - iu drejtua ai mbretit duke i buzëqeshur
- Duro!

Shërbëtori pa nga mbreti. Ai bëri "largohu" me ko-
kë. Pas pak mbetën vetëm aty në një cep të sallës dhe
mbreti i kërkoi me sy shpjegim njeriut syxixëllues. Ai
la lodrën e drunjtë mbi një parmak mermeri, i zgjati
verën mbretit të tij dhe tokën kupat.

- Jo mbretereshën e vërtetë.

- Kë? - u habit mbreti me vetulla të ngritura.

- Kukullën, atë me të cilën lozin ushtarët. Ajo është
tersi. Me këtë rast edhe e heq qafe...

Mbreti qeshi i kënaqur dhe i ra shpatullave. Përpla-
si duart për të tërhequr vëmendjen. Pas pak u dëgjua
gongu dhe dikush që lajmëroi solemnisht:

- Mbretëresha!

Ra heshtje dhe të gjithë mbajtën qëndrim nderi.
Heshtjen e thyenin hapat e asaj që po vinte. Të dy prin-
cat u afruan te dera, e pritën mbretëreshën, u përgju-
njën njëri pas tjetrit duke i puthur dorën. E mreku-
llueshme ishte ajo grua. Por me ardhjen e saj, për çudi
salla ishte boshatisur pa e vënë re ata. Kishin mbetur
veç mbretit, vëllait të tij dhe njeriut syxixëllues, edhe

disa mbretër fqinjë që kishin ardhur për nder të prin-
cave dhe njerëzive që i shoqëronin.

- Le të vazhdojë festa! - thirri mbreti duke pirë ve-
rë gëzueshëm për t'i dhënë fund asaj qetësie të për-
kohëshme dhe duke iu afruar mbretëreshës.

E mori thua për të vallëzuar, ndonëse ajo nuk
shprehte ndonjë gaz apo kënaqësi.

- Të madhin, bukuroshin. Atë... Më kupton? Duhet
kapur medoemos në flagrancë me mbretëreshën time.
Kuptove?

Dhe së largu shihte princat e heshtur që kundronin
plot lakmi hiret e mbretëreshës së tij. Qeshi djallëzisht
kur i madhi nisi të vallzonte me mbretëreshën, të
qeshte e të llastohej gjithnjë e më lirshëm me të.

... - Loja filloi! - qeshi egër nën efektin e një mbrese
prej fitimtari.

Ila princat deri vonë nën shoqërinë e "mbretëreshës"
të vallzonin, të qeshnin, të ndiheshin të argëtuar dhe të
ëmbëlsuar. Shumë nga shërbëtorët e princave u shtri-
në nëpër stolat e drunjtë të përgjumur. Ai i shihte dhe
qeshte. U kalonte pranë dhe i prekte përkëdhelshëm.

Pasi shkoi vonë, edhe princat kërkuan të iknin në
dhomat e tyre dhe pallati ra më në fund në qetësi.

Nuk kaloi shumë dhe në koridorin e heshtur u ndi-
enë hapa, pastaj një trokitje e lehtë në derën e dru-
njtë të princit të madh. Pastaj... përqafime e puthje të
pafundme. Pëshpërima pasioni e dashurie që digjnin
natën. Qeshje të frikshme që ktheheshin në britma e
ulurima. Lotë...

Mjaft! Në derën bri dhomës së tyre u ndie një go-
ditje pastaj u dëgjuan zëra burrash që bërtisnin dhe

kërcënonin. U ndërprenë puthjet, pasionet, orgazmat...
U thye koha në mijëra copa. Çdo gjë u ndërpre dhe nisi
të jetojë mbrapsh. Të dy dashnorët u hodhën nga dri-
tarja, në kohën që në dhomën përbri ushtarët e bënë të
qartë se kërkonin "mbretëreshën" tradhtare.
    - Ajo duhej të ishte këtu!... - dëgjohej zëri i vetë
mbretit që ulërinte.
    Princi i vogël kishte mbetur i habitur me heshtat në
gjoks. Nuk mund të mbushej as me frymë, sepse gjoksi
prekte majat e helmëta. Ndieu një shije të keqe nga
fjalët e mbretit dhe e shikoi me një urrejtje që i lindi
aty në çast. Pastaj pa që mbeti vetëm. Mesa duket ata u
nisën të kërkonin princin tjetër. Po mbretëresha ç'ne?
    Mblodhi veten dhe nxitoi për te anija... Ishte gati në
nisje me njerëzit e mbetur që ishin aq të paktë. Po ata?
    Po zbardhte. I dukej ëndërr e shëmtuar. I dukej si-
kur ishte dita e fundit e asaj bote që deri atëherë i qe
dukur aq e bukur. Dëgjoi pëshpërima dhe mbajti vesh.
    - Ata do na ndjekin për të na vrarë, për të na djegur.
Nese do të jetë nevoja, unë do kthehem ta djeg këtë
mbretëri, që të të kem ty. Them të ikim ku të mos na
gjejë njeri. Që të jesh e imja, unë do djeg botën. Do ta
bëj!...
    I dukeshin kaq të pabesueshme ato fjalë!
    Vetëm disa orë më parë po pinin verë...

DËNIMI...

Vajza rrinte përjashta, disi larg derës së hekurt. Bënte varavingën e zakonshme të njerëzve që presin, pastaj ndalonte, përqendrohej nga dera, tundte kokën me njëfarë trishtimi dhe vazhdonte ecejaket. Herë - herë dukej sikur sytë i flisnin në një lloj gjykimi të pezullt. Mërmëriste dhe që njerëzit të mos mendonin se po fliste me vete, kollitej pak dhe e kthente në melodi atë që thoshte. Sa herë kërciste ajo derë e rëndë hekuri, kokat ktheheshin andej, dikush edhe ngrihej në këmbë. Pastaj uleshin dhe pllakoste përsëri heshtja.

Në një nga ato kërcitjet e derës së madhe të burgut, vajza drejtoi trupin, pa me vëmendje dhe u nis me vrap drejt një burri në moshë që po dilte. Stepi nje çast, u sigurua që ishte ai dhe vazhdoi rendjen. Burri pa me habi nëse e kishte vërtet me të apo...

U rrokën qafë më qafë dhe ndien të lagnin jakat **e** njëri - tjetrit me ngashërim. Nuk folën.

- Ajo nuk është, erdha unë... - tha e para vajza.

- E di, s'ka gjë. Faleminderit! - u përgjigj burri pak më ftohtë.

Ecën pa folur. Ai mbante ca çanta të rrënuara, ajo dy çanta fare të reja të mbushura mirë. Kthente kokën dhe e shihte burrin me njëfarë keqardhje, me një farë ndjese. Ai i kthente vështrimin me një lloj buzëqeshje herë - herë mirënjohjeje e herë - herë krenarie.

- Çfarë ke aty? - pyeti vajza duke parë çantat që kishte në dorë.

Ai bëri një shenjë pa përcaktim.

- Rrobat e burgut. Tetëvjeçare... Ca gjëra të miat... Pa ndonjë vlerë.

Vajza e ndaloi, ia mori nga dora me një lloj: "ki besim tek unë" dhe i hodhi te koshat e plehërave. Ai bëri ta ndalojë i habitur, pastaj vetëvetiu ndieu besim dhe mori vetë çantat që mbante vajza në duar.

- Si thua? Unë mendoj se ke nevojë për një kafe. - tha ajo duke buzëqeshur ëmbël dhe pritur me sy përgjigjen e tij.

Hynë në një kafene dhe u ulën. Shihnin njëri - tjetrin në sy. Pastaj burri i zgjati duart që ajo t'i jepte të vetat. Dhe duart e vajzës humbën brenda të tijave. Të mëdha, të qeta, të ngrohta...

- Do më falësh? - pëshpëriti me gjysmë zëri duke rrotulluar ngadalë pjatën e filxhanit.

Ai aprovoi me filxhanin në dorë, me një tundje koke fare të lehtë dhe buzëqeshi. Sytë e vajzës u mbushën me lot dhe i ra në gjoks.

- Babi im i mirë... - pëshpëriti si një zog me plagë.

- Trupi gjykues hyn në sallë! - bërtiti një burrë.

Njerëzit përreth u ngritën në këmbë. Vajza nuk e dinte çfarë ishte trupi gjykues dhe mbase priste të shihte një qenie që... I shtrëngoi dorën së ëmës, pastaj pa nga babai, pa mundur të kuptonte pse e kishin futur në atë kafaz me hekura. Ndieu dorën e nënës të dridhej, kurse babi, me vetullat e vrenjtura, përpiqej të dukej njëfarësoji i qetë. Pa që në sallë hynë tre njerëz të veshur me pelerina të zeza, kapele të zeze dhe ca litarë të verdhë që u rrethonin jakat e vareshin nëpër rroba. Të heshtur si vetë e zeza veshur. Ajo ndieu dobësi dhe s'po i lëshohej dora e nënës.

- Ah, hijet që morën kukullat e mia... - mërmëriti dhe humbi ndjenjat.

Kur u përmend, ndieu të kishte pranë nënën dhe një grua që dëgjoi t'i thërrisnin psikologe.

- Si je, shpirt? - e pyeti ajo.

- Mirë. - i tha me gjysmë zëri - Kush janë ata që hynë?

- Janë gjyqtarët, janë xhaxhat që japin drejtësi. Ata vendosin kush ka të drejtë e kush jo...

- Po pse janë veshur me të zeza ata? Si hije...

- Sepse duhet të jenë të drejtë, seriozë...

- Ata duhet t'i ngjajnë engjëjve, si mund të jenë të drejtë, pa u veshur me të bardha?

Psikologia qeshi pak, e mori në krahë dhe e puthi.

Kuptoi se babi me mamin kishin folur më parë, sepse gjyqtari, me zë të trashë pyeti psikologen:

- Mund të flasë vajza?

Ajo teta e pa, i qeshi dhe e pyeti:

- Mundesh?

Aprovoi me kokë dhe doli përpara të gjithëve. Në fillim me sytë e mbushur me lot. Pastaj u gëlltit dhe nisi të fliste:

- ...Atë ditë unë prisja të shihja një telenovelë të bukur me mamin dhe ajo me vuri menjëherë të mësoja. Po bëja detyrat dhe herë pas here, siç bëja sa herë mbaroja një palë, shkoja te kukullat, i krihja dhe i përkëdhelja para se t'i merrja në krahë të shihnim filmin sëbashku. Unë gjithnjë ua shpjegoj atyre se çfarë ndodh në filma, se edhe mami ma tregon mua. Mami kishte blerë vethë. Ishin të bukur dhe mua më pëlqyen shumë. I vinte i hiqte, shihej në pasqyrë, vinte më puthte dhe ulej në divan, lexonte a... ku di unë ç'bënte, sa të vinte ora e filmit. Babi hyri i lodhur si përnatë dhe tha "mirëmbrëma". Mami nuk e dëgjoi. Pështpëriste një këngë. Babi tha përsëri "mirëmbrëma" dhe unë nxitova t'i hidhem në qafë. Vinte erë cigare dhe djersë, edhe pak erë rakie. Mami e pa dhe e pyeti:

- Hë? Gjete punë sot?

Ai mohoi me kokë dhe mua më erdhi aq keq për pamjen e tij.

- U bënë njëzetë e tri ditë. S'di fare çfarë...

Mami qeshi njëçikë si me tallje:

- E ç'do hamë? E ke menduar?

Ai ngriti kokën me nerva nga fjalët e saj... I pa vathët e rinj dhe u ngrit e iu afrua.

- Po këta rubinë në vesh?

- Me kursimet e mia. - i tha mami....

Babit iu ndezën sytë, me njërë dorë mori çdo gjë që

kishte në tavolinë dhe i hodhi përtokë. Me dorën tjetër rrëmbeu mamin si lodër dhe e hodhi mbi tavolinë, kaq shpejt sa unë akoma nuk mund të thërrisja dot.

- Dhi e zgjebosur bishtperpjetë ti? Marrim ushqime me listë e ti kurseke për t'u... zbukuruar?

- Për ty, për tyyyy!... - ulurinte mami - Për ty që ke kaq kohë që nuk pyet nëse jam apo jo në shtëpi... Mos, mos në sy të çupës, se e lebetite! Mooos!

Qaja pa zë, e hutuar fare. Gjërat po ndodhnin kaq shpejt, sa unë s'po kuptoja se ç'bëhej. Babi lëshoi mamin nga tavolina në dysheme dhe i tërbuar hidhte poshtë e përpjetë çdo gjë që i dilte përpara. U fsheha pas divanit dhe shihja mamin që rënkonte e mbledhur grusht...

Vajza pushoi dhe nisi të qante.

- Vazhdo edhe pak, xhan, se mbaruam! – e nxiti psikologia.

Salla ishte në një heshtje që s'dihej kush e mbante aq gjatë.

- ...Pastaj babi mori koshin e lodrave të mia.... I këputi kokën Anës, kukullës time dhe ia hodhi tej. Pastaj edhe Briseidës... As donte të dinte nga ulurimat e tyre... Prishi kalin e princit qe do vijë të më marri mua... Dogji lepurushin... Babi nuk dinte ç'bënte dhe ulurimat e mia dhe të mamit e nxehnin dhe e tërbonin më keq...

* * *

- Më fal, babi... Më fal! - pëshpërinte vajza humbur në gjoksin e tij.

Dhe qante me dënesë, duke mos dashur të binte në sy. Furtunën e atëhershme babai nuk besonte se do ta ndiente më kurrë. I lëmoi flokët, i ngriti fytyrën dhe i buzëqeshi ëmbël.

- Për çfarë të të fal?

Vajza e pa me sytë e bukur.

Sytë ngjajnë më të bukur kur janë me lot...

- Për gjithë çfarë thashë, për gjithë naivitetin që tregova atëherë. Të kushtuan tetë vite të bukur të jetës... T'i kam borxh, babi!

- Mos u pendo, të vërtetën the, bukuroshja ime. Të vërtetën...

Por vajza që heshte kishte nevojë të shpërthente, kishte nevojë të ulërinte...

- Babushi im... Të doja dhe të dua. Ajo... mami... tani duhej të ishte këtu. Dhe ti e di pse s'është. Sepse nuk mund të të dalë dot në sy. Tërë kohën para se të bëhej gjyqi, ajo më mësoi se kukullat ishin fëmijët e mi...

- Dhe ishin... - tha ai përhumbur.

- Që gjithë lodrat ishin qenia ime...

- Dhe ishin... - psherëtiu ai.

- Që kali ishte ëndrra ime, e ardhmja ime..

- Dhe ishte... - pëshpëriste ai, thua nuk ishte aty - Unë te vrava gjithçka do një fëmijë. Ti vërtet e ke përjetur ashtu siç unë nuk do doja kurrë të kishte ndodhur.

- Po, babi, por ajo... ajo nuk duhet të gëzohej kur u dënove ti. Që nga ajo ditë, unë nuk e desha më! Pa dashjen time, po nuk e desha më... Po ajo nuk e kuptoi kurrë këtë. Një ditë erdhi te gjyshi ku më linte, u grind edhe me të, sa ai e përzuri fare.

- Ajo ka qenë dhe është nëna jote... Dhe ti duhet ta duash. Të tjera gjëra ka me ne...

- Dmth ti nuk do rrish me mua?

- Me ty, shpirt, me ty do rri... - bëri ai dhe i hodhi dorën në qafë.

- Babi, më fal, thuaj që më ke falur për atëherë!...

- S'bëre asnjë gabim, bijë, asnjë gabim, as atëherë. Unë vetë të kisha mësuar të thoshe gjithnjë të vërtetën. Vetë të kisha mësuar...

Dhe u ngritën dhe ecën ashtu të përqafuar...

NATA
SI E DEKAMERONIT

Mezi rregullova një shërbim për në malësi dhe sapo mbërrita në shtëpi, ia thashë Silvës. Le të vinte edhe ajo, të largoheshim nga shtëpia, të ndërronim ambient. Silva m'u hodh në qafë dhe si për të mos më lënë të fantazoja deri në fund aventurën e nesërme, më pyeti:

- Me kë do ikim?

- Do ta marr vete makinën, ç'e duam shoferin! Ndalojmë kur të duam. Vetëm që... nuk do jemi bashkë në një sedilje dhe... - qesha.

Ajo diç bluajti në kokën e bukur e m'u kthye me pak djallëzi:

- Tini, po sikur të ikim në fshatin W. Edhe ai malor është, bëje reportazhin për të, njësoj janë fshatrat.

Stepa një çast dhe e pyeta:

- E pse?

- Po ja, aty është Beni mësues, burri i Almës. Ata kanë dy vjet martuar, as muaj mjalti s'kanë bërë... Në gjithë këtë kohë i kanë ndenjur a s'kanë ndenjur katër muaj bashkë. Edhe ajo e shkreta ankohet, nuk shtyhet kështu, thotë. U bëjmë një surprizë, pastaj kthehemi të dy, ose të katërt. Do jetë një udhëtim i bukur. Si thua?

- Silvaaa!... - iu ktheva rrëmbimthi, se nuk doja ta mbaronte atë që nisi - Ikim të dy më mirë. Alma jote sesi më duket që kur është martuar. E heshtur, misterioze... Mos është penduar gjë? Pash zotin, mos na përziej me të!

- Tiniiii, çfarë thua?

- E mirë de, mirë! - pranova pa qejf, për të mos ia prishur.

Alma ishte shoqja më e bukur dhe më e heshtur e Silvës, por që pas martesës ishte bërë edhe më misterioze, tunduese e lakmitare.

U nisëm të premten që në mëngjes. Silva u ul në krahun tim se e zë makina, Alma pas meje. Vetëm...

Pas zhurmës së nisjes, si bëmë disa dhjetëra kilometra rrugë, si zakonisht, Silva nisi të këputej, të tulatej në sedilje. Mua padashje më vinte të qeshja me të. Ndryshe Alma. Ajo dukej e gjallë, e freskët. Po rrugën e shikonte e kredhur në një heshtje të çuditshme.

Pas dy orë udhëtim, vura re se shikimet e Almës në pasqyrë ishin bërë më të shpeshtë, më insistues. U ndieva pak fajtor për heshtjen që kishte pllakosur. Silva as qeshte, as fliste se qe turbulluar nga makina, po unë?

- Të ka marë malli? - e pyeta ulët me pak djallëzi.

Ajo pëshpëriti një "po" të lehtë dhe aprovoi me kokë duke i larguar sytë nga të mitë në pasqyrë. Por heshtja e saj dhe sytë, diçka kishim trazuar tek unë tani. Nuk po më shihte më. Mbase kuptoi djallëzinë time. U ndieva prapë fajtor. Më pas i pashë përsëri sytë që më sulmonin në pasqyrë. Edhe më shumë se sytë; Alma kishte qafë të bukur, lëkurë të bardhë e të lëmuar me një "make up" elegant e shumë joshës. Vështrimi i kishte marrë një tis melankolik, një si përvuajtje. Pse vallë kështu kjo vajzë? Ajo dikur ishte shumë gazmore, e çiltër, e ngrohtë. Kurse tani...

Loja me sytë vazhdoi derisa rruga mori kthesat. Kisha harruar kush e ku ishim. Heshtja që kishte hedhur rrënjë, sikur e shtonte misterin në kabinë.

Silva lëvizi pak si të më kujtonte se ishte aty, pastaj sërish u var symbyllur në sediljen thuajse të shtrirë.

...Ishim dashuruar që para tre vitesh. I isha vërdallisur mjaft dhe isha lumturuar kur pranoi të dilte me mua. Por kur po kërkoja gjithnjë e më shumë prej saj, një mbrëmje shpërtheu në dënesa që më lanë pa gojë.

- Tini... Ti më do, ë? Jo për një natë, as për dy...

- Po! Të dua! - dhashë garancinë që donte ajo dhe e kërkonte rasti.

- Atëherë... të lutem mendo sikur kjo është nata e dytë që do jemi bashkë, jo e para...

U lëshova i tëri. Koka më ziente dhe më kreshpërohej si fije merimange në një rrjetë gllabëruese.

- Silvaaa! - më jehonte shpirti nga brenda. - Me kë? Kur? Sa kohë? Si s'më shkoi mendja?

- Tin, prandaj s'kam dashur... Ja, ta thashë! Ne nuk njiheshim atëherë. Kujtdo mund t'i ndodhë...

E përcolla i rrënuar deri në shtëpi dhe ika i vrarë.

Ajo... mbase më e vrarë. Po... jo prej meje fundja... U ndamë me një "natën e mirë" të thatë fare, sa për njerëzi. Kaluan si kaluan dy javë, por kuptova që nuk rrija dot pa të dhe u ktheva. E kapa fytyrën me duar dhe i thashë:

- Ti... do jesh imja, ë?

- Po, shpirt! - pëshpëriti dhe m'u hedh në qafë me lot të heshtur gëzimi.

Qysh atëherë ndieja lëndim që nuk e kisha shijuar unë vajzërinë e saj, po fundja fati më kishte dhënë një mëkatare të mirë. Në fakt, as djalëria ime nuk më kujtohej ku kishte humbur, por një gjë e dija me saktësi, jo me virgjëreshë.

Shkonim kaq mirë, sa nuk ndieja pendesë për lidhjen, ndonëse plaga nuk kishte si të mbyllej. Kisha pritur të dëgjoja dikur një britmë virgjëreshe, por s'pata pasur fat.

...Tunda kokën lehtë të shkundja kujtimet. Buzëqeshur hodha sytë te Silva e më pas në pasqyrë ku sytë e Almës dredhuan...

Mendova një çast ta thelloja provokimin për sytë e pasqyrës, se ngulmimi kishte arritur kulmin. Ula shpejtësinë dhe hapa krahun.

- Hajde! - fola ngadalë duke hapur derën dhe duke parë Almën drejt në sy.

- Ku? Ç'pate? - mezi tha e trembur.

- Dilni, u prish. - i rashë më pëllëmbë kabinës, buzëqesha djallëzor dhe fola të dëgjonte edhe Silva.

Kishte rënë në një kurth qe s'e priste.

- Vërtet? - pyeti e çliruar që ndalesa s'pati ndonjë qëllim tjetër.

Buzëqesha.

- Jo, jo! Them të pushojmë pak. Zgjoje edhe... - dhe me kokë i tregova Silvën - dilni, shmpihuni pak.

Ika të freskohesha te çezma buzë rrugës. Ndieja se fshehtaz ajo hetonte për të kuptuar përse vërtet e bëra këtë ndalesë.

- Tin... sikur është pak ftohtë. - dëgjova Silvën.

- Epo pragu i dimrit. Pastaj në këto zona tani është ndezur oxhaku.

Jashtë vërtet nuk rrihej, bënte ftohtë dhe frynte një thëllim që po egërsohej. Unë mezi prisja të niseshim, mbase ngaqë po më mungonin sytë e pasqyrës, edhe pse kisha frikë se djalli që më qe zgjuar në kokë, mund të më bënte ndonjë të pabërë në timon.

Ishte pasdite kur arritëm në qytet. Kalimthi pyeta se nga ç'rrugë shkohej në W. Te kthesa për në rrugën e fshatit, më ngriti dorën një burrë diku tridhjetë - tridhjetë e pesë vjeç, shoqërura nga një grua.

- Lart do ngjiteni, në W? - më pyeti.

- Po.

- A na merrni edhe ne? Kemi goxha që presim dhe kam frikë se do na zërë nata. - tha si me lutje.

Pohova me kokë. Ai u kthye, mori gruan me një çantë dhe hynë në kabinë. Silva nuk ndieu gjë fare, ndërsa Alma sikur u bezdis pak. Lëvizi më tej në ndenjëse dhe sytë e saj në pasqyrë, i zëvendësuan sytë e gruas së re që sapo hypi. Dukej e bukur, e freskët. Borë e bardhë, me një xhaketë të zezë pellushi, nën të cilën binte në sy një këmishë e bardhë me lulka të kuqe të vogla. Rrinte pak e mënjanuar, e ndrojtur nga qytetaria e Almës. Për çudi edhe sytë e saj m'u dukën të bukur e me një vështrim pak djallëzor. Ç'të ishin këto rastësi? Mos vallë ishte magjike ajo pasqyrë?

Pas bisedave të para, kuptova se ata qenë vëlla e motër.

- Ku do flini sonte? - me pyeti burri kur po i afroheshim fshatit.

Buzeqesha pak, sepse deri atëherë nuk e kisha vrarë mendjen për këtë. Isha i sigurtë se autoriteti që më jepte profesioni dhe institucioni ku punoja, do më ndihmonte të strehoheshim diku për të kaluar natën, në mos hotel, një konvikt a ç'të qe... Megjithatë m'u dha t'i thosha:

- Kjo shoqja këtu ka burrin mësues në fshatin tuaj. Mbase ka vend në dhomë edhe për ne.

- Ashtu? Po kë? - iu drejtua burri Almës.

E habitur nga arsyetimi im, Alma tha emrin e Benit si e hutuar. Siç duket atë dhomëzë po e donte e përfytyronte të tërën për vete dhe ideja ime i ra si çekiç.

- Ouuu!... - tha burri - Po sot në mëngjes ne zbritëm bashkë dhe ai u nis për Tiranë. Me siguri do jeni shkëmbyer rrugës.

Alma u prish në fytyrë e më pas ra në qetësinë e vet si pëllumb i plagosur, duke u munduar të fshihte tronditjen.

- Hajdeni nga unë, po deshët! - na ftoi fshatari pa u menduar shumë.

Mua më pëlqeu ai mendim. Një natë qe fundja, do bënim si të bënim. Do më ndihmonte edhe me detaje për reportazhin. Silvën e zgjova dhe i tregova për ndryshimin e planit që kishim bërë në shtëpi. I erdhi keq për Almën dhe tha "mirë" për ftesën e fshatarit.

Më në fund arritëm. Burri na gjeti një vend të si-gurtë për makinën, diçka foli me motrën dhe u për-shëndet me ne, duke thënë në ikje e sipër se do vono-hej pak, ndaj të vazhdonim, se ishim të lodhur.

- Lëri ato, po mos u vono, se ke miq sonte, i ftove vetë! - i tha motra pak urdhëruese.

Pasi ecëm rreth njëzetë minuta në këmbë rrugës ku nuk kalonte makina, arritëm te shtëpia. M'u duk sikur vajza po shihte me zili Silvën që varej në krahun tim. Apo mos ndoshta në sytë e saj nuk kishin fort hije këto përkëdhelje? Alma vinte e heshtur me mbrapa. Isha gati i sigurtë se edhe ajo si unë, e ndiente mungesën e pasqyrës. Arritëm në shtëpi. Vajza se nga humbi, pastaj u rishfaq me veshje të ndërruar, e qeshur sikur sapo të na kishte takuar. U habita pak, po ajo na shpje-goi se e ëma kishte dy muaj sëmurë lart në dhomë, nuk ngrihej dot e prandaj kërkonte ndjesë që nuk mund të na mirëseardhte. Vetë filloi vajtjeardhjet për punët e paparashikuara që e prisin.

Në të gjitha lëvizjet e asaj drenushe kishte energji. Ishte e gjatë, e bukur, me një gjoks të fortë, të ngritur. Ndezi shkathtësisht zjarrin në odën e miqve. Fillimisht na u duk i tepërt se ishim të mgrohtë nga rruga, po si u ftohëm, pak rrethuam oxhakun.

Vura re se vajza e ndërroi prapë veshjen. Pastaj pas pak, përsëri u shfaq me këmishën e bardhë...

... - Po bëka sfilatë siç duket? - mendova buzëgaz.

Herë dukej e shkathët dhe e shpenguar, herë e mby-llur dhe e ngathët...

Na shtroi ato që u ndodhën, shtuam edhe ne ato që kishim marrë me vete dhe pimë verë të ëmbël. Kuptohej që rruga e gjatë na kishte lodhur, por tani sikur dora - dorës po e mblidhnim veten. Oxhaku bubullinte, ne bisedonim duke kthyer hera - herës gotat me verë.

Vura re që vajza e shtëpisë hynte e dilte shumicën e herës pa arsye dhe dukej në hall.

- Mos u shqetëso! - i thashë – mjaftojnë dhe teprojnë këto që kemi. Jemi mirë e bukur.

Ajo u kthye nga unë.

- Jo, jo, nuk kam atë hall, por me duhet te mjel lopën dhe ai... po vonohet.

- Po nga ne... Unë s'di...

U pashë sy më sy me Silvën dhe Almën.

- Po të më ndihmonit... Ah, ju qytetarët! - buzëqeshi - I duhet vënë viçi, sa t'i vijë qumështi, pastaj me i nda prap. Do forcë, është i madh viçi e unë...

Kuptova. Silva dhe Alma miratuan me sy dhe unë u ngrita sikur të isha Herkuli që do mundja demin...

- Mos na fëlliq, Tin! - më ngacmoi Silva duke marrë buzëqeshjen time.

Vajza u nis para. Në ahur ndihej duhmë bagëtie dhe bari të thatë. Lopa, më tej lidhur një viç i bukur me qime që ndrinin në dritën e dobët të një llampe elektrike varur te muri përballë. Tej një gardhi të ulët thuprash, ishte hedhur me rregull bari i dimrit. Vajza më mësoi ç'të bëja. Zgjidha viçin që iu turr lopës në gji.

- Erdhi!... Hiqe, hiqe tani! - tha vajza dhe zuri të shtrydhte ritmikisht gjinjtë e lopës me ca lëvizje ngacmuese...

Largova viçin e bukur duke qeshur, se ajo "hiqe, hiqe tani", më kujtoi pështpërimat, "urdhërat" dhe dëshirat e natës... E lidha viçin në vendin e tij dhe po shihja vajzën si milte aq shkathët. Shihja herë gjinjtë e lopës, herë sytë e vajzës që ngriheshin e më shihnin në atë thuajse gjysmëterr. Tej këmishës së zbërthyer, pahitej një gjoks i mrekullueshëm që lëkundej lehtë sipas lëvizjes së krahëve që milnin dhe zbardhte e zverdhte njëherësh nën ndriçimin e mekur të llampës... Epshi im pëzuri ajrin e ahurit dhe ajo e ndieu këtë. Pas pak duart sikur iu prenë, mezi lëviznin dhe më shumë i preknin, se i shtrydhnin gjinjtë e lopës.

- Të pëlqen? - tha dhe e zbuloi fare gjoksin duke më parë në sy.

- Shumë! - i thashë dhe u afrova pa u habitur aspak.

- Eja, provoje... - pëshpëriti.

U përkula dhe vura duart mbi gjoksin që ulej dhe ngrihej me vrull. M'u lëshua në krahë me frymëmarrje të shpeshtuar. E ngjesha pas vetes dhe gati e zvarrita për te bari i thatë. Veshjet sikur na shkundeshin vetë e binin përtokë. I ndieja buzët prush dhe sytë që po më përpinin. Harrova kush dhe ku isha. Ndihesha i ndërkryer, mendjehallakatur, aq sa po më dukej gjithçka normale, brenda çdo rregulli njerëzor. Aq u binda për këtë, sa edhe vetë Silva po të na e prishte magjinë, do ta quaja një... kriminele.

Ishim thuajse fare të zhveshur. Ndieja tërheqjet e epshta të saj. Nën dritën që i binte që sipër, gjoksi i ndrinte, i skuqte nga shendeti, puthjet dhe kafshimet e mia. Dihasnim frymëmarrje të çregullta. Ndihej erë qumështi dhe duhmë gruaje në kulm të ushtrimit të femrës së vet... E harrova veten... Isha bërë rënkime dhe trupa që shfryjnë me etje të verbër, që pas pak sikur u përplas diku dhe u platit...

Ajo e martuar nuk ishte, por dhe vajzë jo. Çudi, vërtet çudi, por nuk kishte kohë për t'u çuditur. Tani isha i përgjegjshëm dhe ndjenja e fajit, e frikës, u zgjuan. U ndieva i përgjuar në atë ahur të errët. Ajo u ngrit si e këputur dhe buzëqeshi.

- Mos ki frikë, s'ka njeri këtu, këta nuk flasin! - tha dhe përkëdheli me njërën dorë lopën, me tjetrën viçin.

Tani e ndieja efektin e verës. Vajza më dha një tenxhere me ujë të ngrohtë që teproi kur i lau gjinjtë lopës.

- Nisu, - më tha - ik para ti...

- Po ai ku është?

- Luan bixhoz gjer në mëngjes, e ka çmendur fare ajo lojë e mallkuar. Na plasi shpirtin...

U nisa para. Gjithçka për frikë kishte kaluar, po unë dhe ajo tani po e ndienim efektin. U lava shpejt e shpejt, u rregullova dhe hyra te dhoma e oxhakut.

- Ç'u bëre, Tin? - pyeti Silva e shqetësuar - Thamë mos të ka goditur viçi me brirë... Edhe ajo u shqetësua që u vonove.

- Kush, moj? - e pyeta me kërshëri.

- E zonjë e shpisë pra...

... - Vera më ka turbulluar kaq mua apo është dehur kjo? Unë u nisa i pari dhe e lashë në ahur, kjo thotë... - mendova i habitur pak.

- Po ç'bëre gjer tani?

- Bëra... dashuri. - buzëqesha duke u kujtuar që e vërteta është shpesh genjeshtra më e besueshme dhe shakaja më e efektshme.

Ato qeshën të dyja dhe trazuan pjatat që po mbaronin. I pazoti të përballoja ndonjë provokim tjetër të Silvës, u ula buzë oxhakut dhe zjarri sikur ma derdhi lodhjen sheshit...

Vajza hyri me një tas kos që vërtet na kënaqi. Kur u nis prapë për nga kuzhina, fola me shikim të shpërndarë.

- Mos u mundo më, se ne e bëmë tonën. Ja, do pimë edhe nga një gotë verë e do flemë, se edhe të lodhur jemi. Apo jo, vajza? - u drejtova nga Silva e Alma.

Ato aprovuan me kokë, ndonëse gotën e parë ende s'e kishin mbaruar.

Pimë edhe pak, ndërkohë që vajza po shtronte për të fjetur.

- E di çfarë? - sikur u zgjova - A nuk flemë në shilte këtu rreth oxhakut? Ja, Silvë, ne të dy këtu ku jemi, Alma në anën tjetër. S'e gjejmë më këtë rast... - plotësova me një nëntekst të hapur.

Gratë buzëqeshën e Silva për të mos ma prishur qejfin mua, pranoi. Alma nuk bëri zë, mori çarçafët e bardhë, ndërkohë që unë dola jashtë që ato të visheshin për gjumë. Kur hyra në dhomë, drita qe fikur, dritëronte vetëm zjarri i oxhakut që digjte drutë qetë - qetë, gjersa treteshin e bëheshin prush. U zhvesha dhe u futa në rroba pranë Silvës sime, që ishte thuajse në gjumë, sapo mbështeti kokën në jastëk.

- Mos fliii... - i pëshpërita - mos fli!

Ndieva buzëqeshjen e saj, dorën që më shtrëngoi në gjoks dhe gjithë lodhja m'u kthye në një gjendje të bukur. Pastaj ndieva tek e ulte poshtë... poshtë... U shtriqa i lumturuar nga përkëdheljet e saj dhe ndieva gjakun të më ndizej edhe më... Isha i sigurtë se Alma po flinte, apo i mbushja mendjen vetes nga padurimi? Po kërkoja me insistim nga Silva...

- Shët.... është turp, prit dhe pak, prit!... - pëshpëriste.

Nuk po duroja dot më. E tërhoqa mbi vete dhe ndieva vithet e rrumbullakuara mbi barkun tim. E ula më poshtë. Mbanim shkulmet e frymës. Duart ndienin ulje ngritjet e mrekullueshme të gjoksit të saj. Gjithçka qe fryrë e nxehur, po nuk po guxonim për më tej. Çdo lëvizje bënte "zhurmë" nëpër mure... Po zhvishesha vetë, ndërsa Silva rrinte ende e ngurtë dhe e ndrojtur.

- Do të t'i gris, po hiqi... - i thashë mendjehumbur te veshi.

- Shshttt... - ia bëri duke m'i vënë duart në të majtë të mbathjeve të saj....

Kollita njëherë dhe i dhashë duarve në të kundërt. Me sukses... Tani rruga ishte e hapur. Shpina e Silvës më vibronte me kujdes mbi bark. Ia vura duart përpara te kërthiza, pastaj më poshtë, duke e lehtësuar nga mbeturinat e mbathjeve dhe ndieva një bashkim trupash që ato rrethana e bënin me të vërtetë magjik.

Lagështimi i saj... më pranoi aq mrekullisht, aq natyrshëm. Këmbët gërshetoheshin flisnin, bërtisnin, rënkonin, lebetiteshin... Ne mbanim frymën dhe heshtnim githë siklet. Ose na dukej sikur heshtnim. Nuk u shkëputa nga ajo mpleksje e marrë edhe kur mbërriti e kaloi kulmi...

Ndenjëm pak ashtu në qetësi, derisa rregulluam frymëmarrjet, pastaj dola ndanë oxhakut, duke fshirë pasojat e epsheve të lëna pas, me coprat e mbathjeve të Silvës... Pas pak rashë në një qetësi mbretërore; nisa gati t'i harroj ngarjet e as një ore më parë. Dëgjova frymëmarrjen e qetë të Silvës që e rrëmbeu gjumi, ndërsa mua thuajse më iku fare.

Zgjata dorën, mora paketën e cigareve dhe e ndeza me një dru nga të oxhakut. Duke e thithur fort, hodha sytë nga Alma dhe... Mes fjollave të tymit që mezi dukej, pashë të ndrinin si flaka e oxhakut, sytë e bukur vetëm si të sajët. Vërtet? I tremba fjollat e tymit dhe si në pasqyrën e makinës, pashë sytë që më shihnin ngultas.

Ndieva inat për këtë përgjim të heshtur, por më pas kuptova se ajo s'kishte faj për atë që ndodhi. Në qetësinë e vënë tashmë, as ajo nuk m'i hiqte sytë. M'u duk se po qante në heshtje. Ç'të bëja në këtë situatë të papritur? Nxora një cigare, e ndeza dhe ia hodha pranë, si një ftesë për mirëkuptim e ndjesë. Fshinte lotët e më shihte herë mua, herë cigaren duke mos ditur ç'të bënte. Pastaj që nga nënkuverta doli krahu i lakuriqtë, mori cigaren, e thithi fort, fort dy - tri herë, e hodhi pastaj në zjarr dhe me pëllëmbët bosh mbuloi fytyrën. Nisi të dëneste duke e rënduar më tej gjendjen.

Me një guxim të çmendur u ngrita e iu afrova duke harruar që dy - tri metra larg qe Silva. Po, po, Silva ime.

Ia hoqa duart nga fytyra dhe i fshiva lotët. Kur qante ajo dukej edhe më e bukur. Mi kapi duart e s'm'i lëshonte... As sytë nuk i ndante nga të mitë. Nuk qe as epsh, as frikë. Ishte njëlloj lutjeje për mëshirë. Asaj i duhej diçka patjetër, patjetër...

Ia vura duart në qafë, më poshtë... Ndieva nën rrobe një trup të nxehtë, të mrekullueshëm. Si me frikë tërhoqa duart, por ajo m'i rrëmbeu e m'i vuri mbi gjoksin që i hidhej. Po ndieja pak ftohtë dhe rrobat e saj po më thithnin t'iu hyja brenda. Iu futa nën mbulesë dhe pa vështirësi e ndieva nën vete. Ajo dukej e trembur... Diçka e priste... Beni? Nuk e di, nuk e di. Nuk kisha më fuqi të mendoja, as të gjykoja... Ishte thuajse e zhveshur dhe pas pak, falë duarve te mia, u gjend krejt lakuriq.

Ndieja se më pengonte fustani i kuq i natës hedhur nëpër shtroja, që të ngjitesha me Almën... Ajo më kishte përfshirë të tërin duke më përqafuar me këmbët kryqëzuar përfund shpinës. Po unë nuk po mundesha dot të depërtoja më thellë në atë Termopile aq të çuditshme, aq të padepërtueshme.

Instiktivisht shtyva me forcë dhe ndieva që ajo më tërhoqi me dhunë. Gulçonte dhe mezi përmbante britma dhembjeje. Po, po dhembjeje, jo kënaqësie. Bëra të largohem me frikën se mos zgjohej Silva, por ajo më tërhoqi me forcë. Mezi po përballonte... Ndieva dhembje mbi kurrizin e dorës së majtë... Më kishte kafshuar mua, për të përballuar dhembjet e saj.

U tërhoqa i lodhur, duke ia ulur dorën e djathtë poshtë, nën bark. Ndieva të më qullej ngrohtë. Nën flakët e zjarrit dora... kuqëlonte. Alma thuajse e bardhë në fytyrë dihaste në çlodhje e sipër, unë kuptoja që veç dhembjeve nuk kishte ndierë kurrfarë kënaqësie tjetër. Rrija pranë saj i palëvizur e më dukej se në atë qetësi gjithçka flinte... Dhe me siguri ashtu do qe, se kishte kaluar shumë mesi i natës. Duhet të ikja te Silva, por nuk kuptoja, nuk arrija të kuptoja sesi...

- Si ka mundësi? - i pëshpërita Almës me gojën ngjitur te qafa e saj.

- Shshshttt!... Faleminderit! Me të nuk kemi mundur dot... - tha e lodhur.

Ca zhurma që bëheshin në koridor nuk po më linin të ngrihesha, më trembnin. Mund të hynte dikush për të marrë diçka dhe të më gjente në atë gjendje në mes të dhomës... Isha gozhduar tek Alma, ndonëse e ndieja që edhe ajo mezi priste të ikja. Mbase edhe dremita pak pranë saj, kur u hap dera dhe hyri vajza e shtëpisë me një krah dru. Alma u tmerrua dhe unë e mbulova me trup, ndërsa ajo që kishte hyrë, me kujdes ndaloi, pa që kisha ndërruar vendin, lëshoi drutë me zhurmë dhe hodhi ca në zjarr gjithë inat.

Kjo lloj muzike ishte gjyq kundër meje. Silva lëvizi me një psherëtimë. Nga tmerri, me siguri do isha zbardhur. Kush nuk do tmerrohej në vendin tim, kush do mund të gjente një arsye për atë që po ndodhte?

Vajza e shtëpisë doli me zhurmë dhe unë fluturimthi u gjenda në mes të dhomës duke u veshur. Ajo e pa që Silva nuk qe zgjuar akoma, ndaj nisi të bënte zhurmë më të madhe jashtë, në koridor, që e zgjoi edhe Silvën më në fund.

- Tini... ç'është? - fërkoi sytë e trembur.

- Ja, ajo! Erdhi solli dru e na zgjoi. U trembe?

- Ufff, ky ambient i panjohur. - tha dhe u kthye në anën tjetër - Ku po shkon?... - mërmëriti përgjumësh.

- Po dal pak...

Alma qe mbuluar kokë e këmbë duke u dridhur. Jashtë vazhdonte kërcitja e enëve metalike. E çmendur fare, vajza e shtëpisë donte të zgjonte patjetër Silvën time. Tani, hëm... tani ndihesha më trim. Dola te dera dhe u përballa me të. Përsëri kishte ndërruar veshje... Për t'i treguar që të paktën atë natë nuk e kisha harruar ç'na ndodhi duke mjelë lopën, i buzëqesha dhe me kujdes e tërhoqa jashtë. Më ndoqi duke kujtuar se çdo t'i thosha, por unë e rrëmbeva duke e puthur me forcë, edhe pse ajo kundërshtonte fort, por nuk nxirrte zë.

- Budallaçkë! U bëre xheloze në tokë të huaj...

Dhe ngulmova duke e çuar poshtë në ahur.

- Kjo vërtet nuk i tregon njeriu. - i thashë duke treguar me një buzëqeshje lopën që përtypej në grazhd.

E vura poshtë duke e zhveshur me zor nga kundërshtitë e saj. Isha bërë bishë këtë natë të famshme vjeshte. Mbase aromat m'u ngatërruan me të Silvës dhe Almës, por në çdo rast, vajza këtë herë m'u duk fare tjetër, ndryshe nga pak orë më parë...

Me një vetëdije të lodhur, po edhe të ndërkryer, po veproja me forcë. Diçka nuk po shkonte mirë. E kisha nga lodhja, apo edhe kjo ishte vërtet e ngushtë, e padepërtueshme, sa s'po mundja dot? I dhashë trupit fort dhe po arrija në kulm, kur vajza klithi lehtë dhe ndaloi kundërshtitë, e squllur në krahët e mi. Ndieva përsëri një nxehtësi ndryshe nga e zakonshmja dhe u tërhoqa me frikë. Ajo klithi përsëri, më shtyu me inat dhe plasi në lot...

- Nuk do të të harroj. - i thashë që të mos nxirrte ndonjë broçkull në mëngjes.

Dola jashtë shpejt dhe në atë pak dritë vura re nëpër duar e pantallona të më qenë ngjitur njollëza gjaku si petale lulekuqesh...

... - O zot, më ndihmo të shquaj mëkatet në këtë natë të pabesueshme si e Dekameronit!

Nuk arsyetoja dot më. Arsyeja më ishte verbuar dhe ndihesha në ëndërr...

U lava kuturu në errësirën e ftohtë dhe u futa në dhomë. Zjarri ishte në të shuar. Mezi prisja të hyja nën mbulesën e Silvës së ngrohtë... Por, o zot!... Silva nuk ishte aty. Nuk shquaja më asgjë. Mas vallë fshatari qe kthyer dhe ma kishte rrëmbyer Silvën të hakmarrej për të motrën?... Ku ta kërkoja, kujt? O çmenduri!...

Rrija si një kukudh mbi rroba. Mos dinte gjë Alma? Po si ta zgjoja? As ashtu nuk mund të rrija dot më... M'u mësuan sytë me errësirën dhe po shihja qartë. U ngrita dhe lavdi zotit, pashë që Silva ishte tek Alma...

Nuk fjeta mirë...

- Tini, mirëmëngjes! - më tha Silva, kur më pa sy-hapur - Kishe ftohtë vetëm? Kur dole ti, erdha qetë-sova pak Almën. Pa një ëndërr të keqe dhe qante e dridhej. Pastaj më zuri gjumi këtu...

- Të pashë, të pashë, mirë bëre! - thashë pak i zymtë.

Alma me sy drenushe sikur thoshte "Faleminderit, Tin! Nuk do ndodhi më, bëre për pak minuta atë që ai s'e bën dot prej kaq kohësh....".

Me takt mora Silvën jashtë që Alma të vishej pa iu dukur ngjyrat e gjurmët e kuqe të natës së shkuar...

Kur dolën në oborr për të ikur, u shtangëm të tre. Pak metra larg qëndronin dy vajza të bukura yll, si dy pika uji të ngjashme me njëra - tjetrën. Ato kishin qenë binjake pra dhe ne nuk e kishim pikasur dot. Silva me Almën mbetën pa frymë, unë u ndieva me një mëkat më shumë. Cila prej tyre ishte vajza e makinës dhe cila e përdhunuara?

Na hodhën ujë te laheshim. Më dukej se uji që më hidhnin, shenjtërohej në duart e tyre e unë si një Pilat, sikur laja duart nga mëkati i shumëfishtë i asaj nate të rrallë, të pabesueshme ndoshta.

- Sa ngjajnë vajzat, Tini, ë! - tha Silva e habitur, me një çiltërsi të kristaltë si edhe ai mëngjes që ishte shpalosur i plotë...

- Po! Shumë... - fola zëulët - Ama asnjëra prej tyre

nuk është vajzë dhe këtë natë, në këtë shtëpi, vetëm nëna e tyre e sëmurë fjeti vetëm, Silva. - plotësova me vete.

- Ikim, vajza! Direkt për Tiranë, rrugës pimë kafe dhe hamë mëngjes. Mua më ka rënë ca si rëndë vera e mbrëmshme. Alma është si pa qejf... E pret edhe Beni... Ikim!

- Kaq, Tini? Po reportazhi? - u habit Silva.

S'kishte faj, ajo dinte vetëm pjesën e saj.

- Hajde se e shkruaj në Tiranë. Ikim! - këmbëngula i ethshëm për t'i ikur sa më parë e sa më larg atij vendi dhe asaj nate të mrekullueshme si çdo mëkat.

Falenderuam vajzat e shtëpisë për mikpritjen, mora makinën dhe fryva erë nga ai vend. Silvën përsëri e palosi gjumi, kurse në pasqyrë shihja sytë e qetë të Almës që këtë herë më dërgonin mesazhe falenderimi.

Po i afroheshim Tiranës. Mezi prisja shtratin bashkëshortor që më takonte vetëm mua dhe Silvës. Silvës sime të mirë, që e doja dhe më donte aq shumë. Gjithçka që kishte ndodhur, kishte kaluar si vetëtimë në një ëndërr bukurisht të tmershme. Kisha bërë dy zhvirgjërime, dy herë në tokë të huaj, atë që në tokën time s'e kishte thënë fati ta provoja e ta shijoja.

Plaga dukej e përtharë. Ilaçi i dyfishtë i asaj nate kishte bërë të vetën...

HOXHA

Pas shumë përpëlitjesh ndieu një përkëdheli nëpër flokë dhe një zë të ëmbël t'i fliste:

- Ngrihu, ngrihu tani, shpirt i nënës! Ngrihu, se do dalim me nënën. Do dalim shëtitje, hë shpirt!

Pastaj një puthje në ballë dhe duart e plakës që e fërkonin në supe lehtë - lehtë.

I hapi pak sytë si nëpër ëndërr dhe u shtriq në krahët e gjyshes. U përqafuan si çdo mëngjes dhe ndenjën ashtu pa folur për disa çaste. U larguan pak duke parë njëri - tjetrin dhe u përqafuan përsëri. Sa ëmbël dhe qetë e ndiente veten në krahët e saj!

- Hajde tani, lëviz, hë shpirt, se na zë vapa, po u vonuam.

Ajo lëvizi e para. U ngrit dhe shkoi hapi dollapin. Zgjodhi ca rroba të reja e të bukura që e ëma ia vishte kur dilnin. Hezitoi pak si për të bërë një kombinim të mirë dhe zgjodhi ato që duheshin. Pastaj i qeshi, e përkëdheli edhe njëherë dhe bëri ta ngrinte hopa.

- Aaaaa... sa je rënduar, s'të mbakam dot më! - i tha dhe e la me kujdes sa i prekën këmbët mbi parket.

E mori përdore dhe e çoi në banjë, i lau fytyrën e duart dhe pastaj i ngriti pak flokët siç i pëlqente atij. I dha furçën dhe e la të lante dhëmbët. Shihej në pasqyrë dhe çuditej pse zgjohej kështu, me sy të fryrë dhe lëkurën e fytyrës të vrazhdë e të errët. Gjithësesi nuk mund të gjykonte dot, mbase kështu zgjoheshin të gjithë njerëzit. Sikur i shihte! Ai zgjohej i fundit.

- Ku do ikim, nëna? - e pyeti butësisht gjyshen me kërshëri e kuriozitet.

- Do dalim pak, shpirt. Do shëtisim e më pas do shkojmë për vizitë te një shoku i nënës.

Ajo ktheu kokën dhe kur pa atë fytyrë fëminore të çuditur, sqaroi:

- Tani... atë e kemi mik të shtëpisë. Se na thua andej - këtej që nëna ka një shok e na turpëron tani në pleqëri. - qeshi si me zor ajo.

Nëna ishte veshur për të dalë që më parë, pa e zgjuar atë akoma. Gjithnjë me të zeza kjo nëna... Asnjëherë me rroba me ngjyra. Kishte pyetur njëherë babin dhe ai i kishte thënë se mbante zi për gjyshin që kishte vdekur pak kohë më parë.

- Zi? E ç'do të thotë kjo?

- Domethënë keqardhje për vdekjen e burrit. - i kishte lëmuar flokët babai - Do ta kuptosh kur të rritesh.

Këto kujtonte duke ndjekur lëvizjet e nënës që po e vishte. Ishte vapë dhe ai kënaqej që ajo po e vishte me pantallona të shkurtëra, bluzë të lehtë pambuku dhe një pulovër jeshil. Ja edhe çorapet e bardha me atletet që i kishte blerë mami me babin për ditëlindje!

- Kush m'i ka sjellë këto, ti? - kishte pyetur të ëmën - Apo ti? - i qe kthyer të atit, duke u përpjekur të mësonte nëse kishte dhurata të tjera apo jo.

- Të majtën unë, të djathtën mami. - kishte qeshur babai me të madhe për ta "mërzitur" sadopak që të dy i kishin blerë vetëm një dhuratë dhe e kishte ngritur hopa me vrull deri te abazhuri.

Tani nëna e kishte kapur nga dora dhe tek po dilnin, ajo mbylli derën me çelës, që do të thoshte se në shtëpi nuk kishte njeri. Ishte herët, po me siguri mami e babi do kishin ikur që më parë në punë. Nëna futi çelësin në çantë dhe e zuri përdore.

- Si s'e hoqe njëherë këtë çantë nga dora, moj nënë, sikur ke gjithë florinjtë e botës aty! - i tha njëherë në të ngacmuar, po të mëdhenjtë ia kujtonin shpesh.

Por tani sikur qe i lodhur apo gjumi nuk i kishte dalë akoma dhe ecte pas nënës i heshtur. E ndiente që ajo po ecte pak më shpejt dhe mundohej ta ndiqte, si ata qengjat që ndjekin nënën e tyre. Pastaj sesi iu duk, sikur ajo po i fliste dikujt nëpër dhëmbë. Nxitoi edhe pak, i doli para dhe vuri re që ajo vërtet herë pas here lëvizte buzët.

- Nëna, me kë po flet, me vete?

E pasi nuk mori përgjigje e tërhoqi nga dora:

- Nëna, nënaaa!

- Shpirt! - i tha ajo dhe nuk e ktheu kokën.

Po ai nuk iu nda.

- Çfarë ke, moj nëna? – pyeti kur vuri re që asaj i ra një lot i kthjellët mbi faqen e rrudhur.

Nxorri një kartëpecetë dhe e fshiu fshehur tij. Po ai e pa, e pa...

- Ç'ke nënë? Për ku po nxitojmë kështu?

- Askund, moj zemër, askund. Ja, po dalim pak... shëtitje!

- Pse kështu bëhet shëtitja? Me kaq nxitim? Ti ma tërheq shumë dorën...

Ajo ndaloi, u ul në lartësinë e tij, e mori në gjoks dhe e shtrëngoi fort.

- Shpirt i nënës, nuk e kisha mendjen! Të kam shumë xhan e më duket se po nxituam, do bëj më mirë.

Ai e pa i habitur dhe i shtrëngoi dorën si për t'i thënë që e falte. Ecën serish dhe ajo përsëri nxitoi, por mbase nuk e kuptonte. Ngriti pak supet e vegjël në shenjë habie dhe nxitoi pas saj. Hypën në autobus e bënë tre - katër stacione. Pas xhamash mundohej të lexonte me vështirësi reklamat në fasadat e pallateve. Nëna e mori hopa teksa zbritën nga autobuzi dhe e la vetëm në trotuar.

- Eh, u rrite tani, shkon në shkollë sivjet, s'të mban dot më hopa nëna. Po edhe unë u plaka... - tha ajo më shumë si për vete, duke i shtrënguar dorën me dashuri e duke vazhduar rrugën.

Sa e mirë kjo nëna e tij! Më e mira në botë. Mami nuk i thoshte "nëna", i thoshte "vjehrra" dhe ashtu si e thoshte ajo, as të shkonte mendja ta kishe xhan këtë plakë që e donte aq shumë.

Po nejse, nuk e mbante shumë mendjen aty, këto ishin gjëra për të mëdhenjtë. Tani po vinte re se ajo po e ngadalësonte hapin dhe ishte më e përqendruar. Ou! Sikur ishin larguar ca si shumë nga qyteti, se këtu nuk kishte pallate të lartë, vetëm shtëpi të ulta dhe shumë të vjetra.

- Arritëm nëna? Kemi ecur shumë, jemi larg...

Ajo i buzëqeshi si për t'i thënë që të mos mërzitej dhe e mori pranë.

Hynë në një rrugicë dhe ndaluan para një porte të madhe e të vjetër druri. Mbi të kishte një dorë prej hekuri, që nëna e kapi dhe e përplasi dy a tri herë mbi një metal tjetër mbërthyer në dërrasë dhe ai e kuptoi që ajo shërbente për të trokitur.

- Nuk ka zile, nëna?

- Jo, shpirt. Në shtëpitë e vjetra nuk ka zile.

E hapi një grua e vjetër me shami në kokë.

- Urdhëroni, zonjë! - i tha ajo me një zë të ëmbël e të butë - Hapur ishte. - dhe bëri vend të hynin.

- Aty është? - pyeti nëna.

- Po! Urdhëroni! - dhe plaka tjetër u nis para të hiqte rrugën.

Sa pemë kishte kjo shtëpi, sa hije! Po hynin dhe ai hapte sytë majtas e djathtas i habitur për të mos i shpëtuar asgjë. Shumë e vjetër, e errët, e freskët. Kishte një erë tjetër, ndryshe nga shtëpia e tyre; si erë pylli, lagështie... Ai ndiqte gratë i habitur.

- Mirëmëngjes, hoxhë efendi! - dëgjoi nënën të fliste duke u drejtuar nga kreu i dhomës.

Ktheu kokën dhe pa një burrë të vjetër, ulur në një kolltuk të madh, të rëndë e të bukur. Ia shtrëngoi fort dorën gjyshes, mbase ngaqë nuk priste njeri në atë qetësi. Thua u tremb? Gjyshja e afroi pranë vetes dhe së bashku u afruan të takojnë burrin.

- Unë nuk jam hoxhë, ti e di mirë këtë. Dhe as dua të jem. - i tha nënës buzëgaz ai, duke e takuar - Po nejse, nejse... Eja, uluni, uluni... Si je, bir? - vazhdoi qetë - qetë plaku, duke e afruar pranë vetes djalin. Ia mori të dy faqet në duar dhe e puthi në ballë me shumë dashuri. Uaaa, çfarë plaku! Thuajse i zbardhur fare, kishte ca rrudha.... Po, po, më shumë se nëna e tij. Po sa ngadalë fliste, sa ëmbël! Nuk ia ndante shikimin plakut, por edhe ai sikur e përkëdhelte me ata sytë laramanë dhe aq të butë.

- Si ke qenë? Si ke kaluar? U bënë vite që nuk të kam parë. - iu drejtua nënës.

- Mirë... Ja ashtu, me halle sa të duash. - sikur psherëtiu gjyshja.

- Po, po, ikin vitet, ikin... Edhe unë nuk kam dalë shpesh. Ku të vete? - foli plaku thuajse me vete - Nejse, ja kështu qenka jeta, ç't'i bëjmë!

... - Ore, se ku e kam parë këtë njeri unë... - mendoi i vogli dhe pa gjyshen që seç i bëri me shenjë plakut në drejtim të tij.

- Hajde, bir, hajde pak këtu te gjyshi! - i tha me shumë ëmbëlsi dhe zgjati duart drejt djalit.

- Po ti nuk je gjyshi im. Gjyshi më ka vdekur, babi i mamit është gjallë, por atë e njoh. - tha ndrojtur djali.

- Hahahaaaa! - qeshi plaku me shpirt - Ç'ment që më paske!

E tërhoqi butë dhe e mori në prehër. Djalit i erdhi mirë që fjalët e tij e bënë plakun të qeshte.

... - Ç'hoxhë thotë dhe kjo nëna? Unë e di shumë mirë që ne jemi të krishterë dhe duhet të shkojmë në kishë. Pastaj ky nuk ka as çallmë, as tespihe. Ky lexoka libra, romane. Ky nuk ngjan fare me hoxhët që kam parë në televizor.

Por nuk foli se mos dukej llafazan. Plaku ia mori

kokën në gjoksin e madh, dorën e djathtë ia vuri në ballë dhe me të majtën i lëmonte flokët. Sa ëmbël!... Sa ëmbël!... Pastaj nisi të flasë me nënën.

- Ky nuk ka gjë. Eshtë mirë, por do jetë edhe më mirë.

Dhe pas ca heshtjeje, shtoi:

- Po të mëdhenjtë, si janë?

Djali nuk ia shihte fytyrën gjyshes, por dëgjoi një psherëtime dhe pak ngashërim. Thua po qante nëna e tij? Po pse?

U mundua ta kthente pak kokën, por nuk mundej, nuk mundej... Po i vinte një gjumë i ëmbël, i ëmbël sa... Ndiente aromën e plakut. Si erë lulesh të thata, kaq e mirë, kaq e mirë...

... - Ç'thotë edhe ky! Të mëdhenjtë... Dhe nëna nuk e kundërshtoi fare. Kur mami me babin flasin për "të mëdhenjtë", ajo u thotë "lërini, mos u merni me të mëdhenjtë, se janë me zarar. Shikoni punët tuaja!"... Ph...

Si nëpër ëndërr dëgjonte tani bisedën që bënin të dy pleqtë. Pastaj nënës i bënë kafe, se ndihej zhurmë filxhanësh e gotash.

Oh, sa mirë po flinte, sa qetëëë! Ja, kishte vënë kokën në prehërin e plakut dhe këmbët në divan. E ndiente që po merrte frymë me gojë hapur, por nuk mund ta mbyllte, kishte njëfarë mpirjeje të ëmbël.

- Prit ta shtrij mirë. - dëgjoi nënën të ngrihej.

- Rri aty ku je! Eshtë tek unë tani, është mirë, lëre!

Plaku foli pak vrazhdë, po megjithatë ai nuk lëvizte dot. Jo, jo nuk mundej. Ja, me aq pak sy të hapur dhe shihte kaq shumë, shihte dritë, një dritë të bukur. Si nëpër ëndërr dëgjonte zërin e plakut të butë e të mirë:

- Eh, njeriu! Pula është pulë, i ngroh vezët deri sa çelin zogjtë, po prapë i mban ngrohtë me krahë...

- Ç'do të thuash? - pyeti nëna e trembur, por edhe me pak zemërim.

- Ah, e kupton ti, e kupton shumë mirë, por nuk të pëlqen. Nëse do bëjmë punë, duhet të fillojmë me të mëdhenjtë. Nuk janë mirë ata, jooo...

Gjyshja nuk po fliste më. Djali dëgjoi rrufitje kafeje dhe zhurmë filxhanësh. Sikur nuk po rrinte dot më ashtu. Qe çlodhur shumë, shumë. Ndieu dorën e plakut në ballë e në flokë dhe hapi sytë e veckël që ndrinin e lëviznin pa pushim si të një ketri.

- Hë, xhan, - e pa plaku në sy - fjete pak?

- Ehë... - i tha ai dhe ia mbajti dorën e madhe, të ngrohtë e të rrudhur në doçkat e tij. Ia shihte ato duar sikur donte të lexonte një libër të mistershëm.

- Jam shumë mirë. - i tha duke e parë në sy plakun.

- E di, e di... - qeshi plaku dhe e ledhatoi - Të kam xhan, se je djalë i mirë, i zgjuar. - dhe e puthi ngrohtësisht në ballë.

Nëna e shihte e habitur. U ngrit në këmbë dhe e mori pranë. I kishte sytë e njomur.

- Çfarë ke? Çfarë ke, nëna?

- Asgjë, bir. Të dua shumë. Ikim tani?

- Ja, prit edhe pak! Ta pijë edhe djali limonatën.

E ndërsa ai pinte limonatën me aromë trëndafili, pa nënën që diç donte t'i linte në dorë plakut.

Ai qeshi pak hidhur dhe refuzoi.

- Jo, jo, kurrë!

- Unë e di që çdo gjë paguhet, prandaj... - këmbënguli nëna - Gjë e vogël, respekt më shumë...

- Jo, jo, kurrë! - përsëriti vendosmërisht dhe rreptë plaku - Kushdo që vjen lë aq sa mundet. Por nga ju, jo, kurrë! Iu kam si të mitë, nuk mundem!

Gjyshja bëri një shenjë pakënaqësie dhe u ndie e fyer, kurse djali shihte herë njërin, herë tjetrën. S'kuptonte gjë, por dukej sikur fiksonte si për të mbajtur mend që kur të rritej, t'i ftillonte gjërat që po ndodhnin tani.

U përshëndet me plakun e mirë, i kapi dorën nënës dhe u nisën të iknin. Por kokën e ktheu shumë herë pas...

Tani nëna ecte më ngadalë, më qetë, po psherëtinte më shumë... Hyri në dhomën e tij e humbi mes lodrave. Kishte një lloj qetësie, gëzimi që e bënte të ndihej mirë.

- Nëna, kur do ikim prap tek ai burri, tek ai shoku yt? Ishte shumë i mirë.

- Ah, shpirt i nënës! Shumë i mirë është, por është i zënë me punë ai, nuk na e ka ngenë, ka edhe plot të tjerë që e duan.

- Edhe unë...

- Mirë, shpirt. - i pat thënë ajo dhe e kishte marrë përqafe.

Po ai prap ia kishte parë sytë me lotë.

Një pasdite dëgjoi që nëna i fliste mamit dhe babit.

- Eshtë mirë të shkoni. Nuk humbisni gjë, qoftë edhe për hir të djalit...

Ai kishte parë të atin e të ëmën që shiheshin vëngër e nuk flisnin.

- Ky le të shkojë, unë jo! Ka mbaruar! - tha mami dhe hyri në dhomë duke qarë.

Ç'kishte kështu kjo mami? Nënë e bir u panë në sy.

Ajo gjyshja e tij që kishte qenë kaq e mirë me babin, tani sesi e shihte... Çudi! Do kishin ndonjë gjë këta! Po ai nuk i kuptonte dot të gjitha, ku mbaronte inati e ku fillonte dhembshuria.

Të nesërmen ishte e diel. Erdhi për drekë edhe nëna e mamit, edhe gjyshi. Sa të mirë ishin ata! I kishin sjellë përsëri një lodër. Por nuk dukej si ato drekat e tjera festive kur shtëpia zhurmonte nga bisedat. Babi me gjyshin pinin ndonjë gotë raki më shumë dhe ia merrnin këngës. Sot secili rrinte i përqendruar te pjata e tij sikur mezi priste të mbaronin ende pa filluar. Dhe heshtje, shumë heshtje. Kur nëna e mamit u mundua të bënte një shaka, të tjerët e panë me habi. Pyesnin për ndonjë gjë pa lidhje, po përgjigje nuk merrnin.

- Edhe ti duhet të shkosh. - i thoshin të tërë mamit e ajo dukej se do shpërthente ne lotë nga çasti në çast. Babi dukej më i qetë, por nuk fliste fare. Edhe kjo mami?! Ku duhet të shkonte, që nuk pranonte?

- Nuk e besoj, nuk mundem! Ju dua të gjithëve, po dua të rri vetëm. - dhe u ngrit e iku në dhomë.

Djali u përkedhel sa në një prehër në tjetrin, po kudo ndieu ftohtë e doli jashtë në oborr të luante me lodrat e reja. Aty ndihej i qetë.

Por ditët kishin kaluar dhe mami kishte nisur të qeshte dhe të ndihej mirë. Gjyshja e gjyshi vinin rregullisht si më parë. Dilte me mamin e babin pasditeve, se para dite qe me nënën. Flinte qetë e mirë.

- E shikon, bëre mirë që shkove! - i tha një ditë mamit nëna e saj - Atë s'e heq njeri nga goja në tërë qytetin. Nuk thua shyqyr që i gjetët anën!

- Epo mjaft tani, mama, nuk jam më e vogël. Edhe

ndodhin, edhe kalohen. S'ka kuptim ta përmendim kaq shpesh.

Edhe babi kishte ndryshuar shumë.

Po nëna? Ahahahaaa! Ajo nuk pëshpëriste më me vete, nuk belbëzonte e psherëtinte më. Yhyyy, sa herë e shëtiste ajo dhe loznin gjithë rrugës! Po edhe ai ndihej kaq mirë, flinte qetë, por edhe kur shihej në pasqyrë, sytë i dukeshin më të hapur, më të mëdhenj, më të ndritshëm dhe lëkura e fytyrës më e lëmuar.

... - Pse, kaq shpejt rriten njerëzit? - kishte menduar një ditë.

Andej nga fundi i verës dëgjoi nënën t'i thoshte mamit e babit:

- Unë do marr djalin dhe do iki në fshat. Ju keni nevojë të rrini me njëri - tjetrin. Shkoni me pushime ku të doni. Si thua ti? - i qe drejtuar të fundit atij.

- Po do na marrë malli, moj nënë!

- Eeeee... ata do vijnë të na marrin shpejt, ku rrinë dot pa ne ata? - i tha nëna dhe e mori hopa.

Ku e gjeti fuqinë kjo nëna ime! - mendoi në çast...

U kënaqën në fshat. Me kuaj, me dele, me keca, me flutura... Por si çdo vit, një ditë nëna e çoi përsëri në kishë. Atje i bënte përshtypje gjithnjë ajo qetësi. Shihte si nëpër revista lloj - lloj figurash, njerëz ngjyra - ngjyra.

.. - Pa shiko, shiko! Ja,ja ai plaku, ai shoku i nënës! - shtangu para apostujve.

- Nëna, nëaaaaa! - bërtiti.

- Shshttt, mos bërtit! - i shtrëngoi dorën ajo.

- Ai shoku jot nëna, ja ai! Ai.... edhe aty... edhe aty! Ai që më mbajti në prehër të flija.

Nëna qeshi e i lëmoi flokët me shumë dashuri.

- I ngjan, zemër, po nuk është ai.

- Ai është, nëna, ai. Po mbase këtu ka qenë më i ri. - këmbënguli vogëlushi.

***

Këto kujtoi djaloshi që tani ishte rritur e burrëruar.

- Vërtet i çuditshëm ai plaku. - tha thuajse me zë - Ç'u bë, thua të rrojë ende? Kanë kaluar kaq vjet!...

Me t'u kthyer në shtëpi, iu ul pranë gjyshes që dremiste në divan fare e plakur vitet e fundit. I hetoi frymëmarrjen dhe ia kapi lehtë dorën e rrudhur. Ajo hapi pak sytë pastaj u ngrit ndenjur.

- Erdhe, bir, si kalove? S'të ndieva fare. Po motra ka ardhur?

Ai buzëqeshi, e puthi në ballë, u ngrit dhe i tha:

- Do pimë një kafe, para se të vijnë ata të mëdhenjtë?

- Hëngre drekë ti?

Ai bëri po me kokë, bëri dy filxhanë kafe dhe u ul pranë saj.

- Nëno! Mban mend ti kur unë isha i vogël, s'më kujtohet sa vjeç, por pa hyrë në shkollë? Më çove një ditë te një plak i mirë. Fjeta te prehëri i tij. S'më del nga mendja. E kisha harruar fare, por ja, sesi mu kujtua qëpari. Di gjë ç'u bë? Rron vallë akoma, apo... Shumë plak dukej që atëherë.

Gjyshja nxori cigaret, ndezi një dhe përqendroi shikimin diku jashtë dritares.

- Them se rron, se s'kam dëgjuar të ketë vdekur. Njeri i mirë. Po ç'tu kujtua? - buzëqeshi.

- Ja, ashtu kot, si padashje. E mban mend ku e kishte shtëpinë? Thua të jenë bërë pallate tani?

- Ç'e do? - ndieu trembje ai në pyetjen e gjyshes.

- Kot, nënë, kot. Ç'pate ti? Për respekt, më imponoi dashuri atëherë.

Ajo aprovoi dhembshëm me kokë dhe u përpoq të kujtohej.

- Diku te rruga... mbrapa...

* * *

Doli nga shtëpia dhe nxitoi, a thua se po të nxitonte, do ta gjente gjallë plakun. Mori motoçikletën dhe u nis të ecë siç ia tregoi gjyshja.

...Po ajo rrugicë e vetmuar mes pallatesh që i ishin afruar. Po ajo portë e madhe, edhe më e vjetër. Kapi dorën metalike që atëherë i qe dukur aq e madhe dhe trokiti mbi dërrasat e portës. Por ajo portë, a thua se u tremb nga ajo trokitje, kërciti dhe u hap vetë, u hap si mirëpritje. Djali hyri ngadalë, me drojën e një njeriu që nuk di ç'të bëjë, se askush nuk ia priu udhën në një shtëpi që nuk është e tij. Aty mbi kolltuk qëndronte ai, ashtu siç e kishte lënë herën e fundit, para pesëmbë-dhjetë vjetësh, një statujë që thua s'kishte lëvizur qysh atëhere. I bardhë, fisnik...

- Hajde, hajde, hyrë, urdhëro! - tha plaku si të kishte kohë që e priste.

Djali mori zemër. E takoi buzëqeshur dhe iu afrua kokës së tij. E njëjta erë lulesh të thata i ngjalli mall. Ata sy shkëlqenin përsëri mrekullisht dhe ai u gëzua që plaku jetonte, vërtet jetonte me trup e me shpirt.

- Si je?

- Mirë, mirë, urdhëro, ulu! Për çfarë ke nevojë? Fol-
më! - nxitonte të thoshte plaku, a thua se interesohej të
shërbente edhe njëherë, si për herë të fundit.
- Ja, erdha të të shoh, për mall, për respekt.
Plaku ngriti kokën i habitur dhe e pa në sy, si për ta
hetuar.
- Ka vite që njerëzit vijnë për hall, mor bir, jo nga
malli për mua. Ndaj mos u druaj, thuajmë ç'hall ke.
Djali u ndie si i shtëpisë, ndonëse u zu ngushtë që
duhej t'i mbushte mendjen plakut se nuk kishte asnjë
hall.
- Jo, nuk kam hall. Ju nuk më mbani mend. Unë...
- Të mbaj mend, të mbaj...
Djali u ndie i vlerësuar, ndonëse nuk iu besua që t'i
kujtohej.
Kishte kaluar kaq kohë dhe ai doemos kishte ndry-
shuar. E si për të mos e vënë plakun në siklet nga ndo-
një ngatërresë e mundshme, vazhdoi:
- Kam ardhur me gjyshen para pesëmbëdhjetë vje-
tësh, por...
- Të mbaj mend. - tha edhe më vrazhdë plaku pa u
dorëzuar.
Atëherë djali heshti. Kjo përgjigje thuajse ia kishte
mbyllur udhët bisedës. Fundja ç'mund të thoshte?
Nga koridori hyri një grua me një filxhan kafe e një
gotë raki. Ajo vetëm shërbeu, as përshëndeti jo.
- Më sill edhe mua një raki! - urdhëroi plaku.
Gruaja u kthye, e pa si të sigurohej për atë që dëgjoi
dhe nxitoi të kryente porosinë.
Takuan gotat e atëherë djali mori përsëri zemër.
- Nuk e di, por që atëherë më hytë në zemër, ndieva

që kam një njeri në krah, një njeri që më mbron e më shton besimin. Nuk e kam haruar atë gjumë në krahët e tu...

Plaku vuri buzën në gaz. E pa në sy, zgjati dorën mbi kokë dhe i ledhatoi flokët si atëherë. Djalit iu bë t'i shtrihej sërisht në gjoks. Plaku heshti, piu rakinë me fund, ngriti kokën dhe e pa në sy. Psherëtiu thellë sikur kishte nevojë të rrëfehej. Po kujt? Këtij djaloshi?

- Eh... vërtet. Por them se kam një jetë që... gënjej.

- Jo, jo!... - tha padurueshëm djali, - Jo, kot thua ashtu!

- Shëët... - i vuri dorën mbi gju plaku për t'i bërë shenjë se do vazhdonte - Nuk kam qenë, as jam as hoxhë, as prift, as dervish, as mjek, as... Asgjë!

- Po me aftësinë tënde ke bërë mirë, ke...

- Jo, bir, jooo! Nuk kam asnjë aftësi, kam vetëm deshirë për mirë... I dua njerëzit njësoj, edhe të mirët, edhe të këqinjtë. Kam gënjyer, një jetë të tërë kam gënjyer. Sapo të gënjeva edhe ty, se nuk të mbaja mend vërtet. Por hallet e njerëzve janë të tëra njësoj. Kur mungon dashuria mes tyre, gjërat shkojnë keq. Të tërë njësoj janë, ndaj edhe të thashë që të kujtoj. Kam hequr frikën, ankthin, duke u dhënë shpresë njerëzve. Kam shëruar vese, zemra të vrara e të plagosura, të tradhëtuara dhe i kam mbajtur vetë në shpirtin tim. U kam mbushur mendjen grave e burrave të tradhëtuar se nuk janë të tillë, se .... Phhh, kam gënjyer, por kam shtuar besimin brenda tyre. Por ama kam gënjyer...

Plaku brenda pak minutash u ndie i lodhur, i dërrmuar. Apo ajo gotë rakie e bëri ashtu?

- Nuk kam kërkuar kurrë shpërblim, por jam shpërblyer aq sa kanë pasur mundësi njerëzit. Por jam vrarë kur më kanë dhënë lek fallco... I kam falur. Kam predikuar në zot e perëndi, kam shpjeguar me djaj e me engjej, kur as vetë nuk besoja. Për paqen në shpirtin e tyre...

Plaku fliste thuajse me vete dhe po i njomeshin sytë. Mendoi ta ndërpriste duke bërë pak shaka.

- Mos po më gënjen edhe tani? - dhe i shtrëngoi dorën me dashamirësi.

- Ah, jo! Tani nuk ka më kohë për të gënjyer. Tani ka kohë vetëm për t'u rrëfyer...

Dhe plaku tundi kokën, si për të thënë se nuk mbaronte këtu, kishte shumë për të treguar, ndoshta aq sa duhej edhe një jetë tjetër.

Rrinin të dy në heshtje, por edhe heshtja mes tyre fliste.

- Ju keni një shpirt të madh. - tha djaloshi.

Plaku qeshi hidhur.

- Eh! Ja, erdhe ti, më gëzove, më dhe jetë. Mbase ka edhe të tjerë që më duan, që... i kam gënjyer, po nuk më gjejnë dot. S'ka gjë, më mirë të mos më gjejnë... - tha dhe sikur humbi në një gjumë nga i cili dukej se zor do zgjohej më...

FATI I KURVËS

Këtë fjalë e kam dëgjuar që kur kam qenë fëmijë. Nuk e kam kuptuar, se isha i vogël dhe nuk ia dija mirë kuptimin çdo fjale. Të pyesja më të mëdhenjtë? Edhe mundej, por gjersa ata e përdornin vetë, domethënë që ishte nga ato shprehjet për të cilat babai dhe nëna më thoshnin gjithnjë:

- Pusho! Je i vogël, nuk janë gjëra për ty këto, janë për të mëdhenjtë. Kur të rritesh, do t'i kuptosh.

Ndaj nuk kisha pyetur. Po puna e fatit më ngacmonte, se këto kurvat do ishin vërtet të lumtura, gjersa thuhej që kishin fat. Kështu pra, e kisha ndarë mendjen të mos pyesja, por mundohesha t'ia nxirja vetë kuptimin. Së pari duke njohur këto specie me fat, pastaj për të parë nëse do mundja edhe unë të kisha fat... Shihja që shumë njerëz ishin të pikëlluar që nuk kishin fat. Mbase e kishin provuar, po s'kishin mundur. Dhe seç kishin një lloj xhelozie të fshehur për këto "kurvat".

Një ditë kur sapo kisha dalë nga shkolla e kthehesha në shtëpi, dëgjova një grup djemsh më të rritur se unë, që fërshëllyen:

- Fiu, fiuuuuu!... Si qenka bërë sot kjo kurva!

Ktheva kokën. E kishin fjalën për Zarin, fqinjën tonë që banonte në fund të rrugës. Nuk e mohoj dot, skuqesha kur e shihja. Ishte një vajzë që mua më dukej shumë e bukur, bionde, me trupin shumë elegant që lëkundej hijshëm mbi dy këmbë të plota. Vetëm... thoshin që ishte e shkurtër(!) Ku ishte e shkurtër Zari! Tani sigurisht e kuptoj që atëherë isha unë i vogël dhe gjithë njerëzit më dukeshin të gjatë.

Atë ditë që fërshëllyen djemtë, ajo kishte veshur pantallona të bardha ngjitur pas këmbëve dhe format i binin edhe më shumë në sy. E kush vishte atëherë pantallona të bardha! As meshkujt jo, se quheshin... më mirë të mos e them, se tani më duket e turpshme. Po ku pyeste Zari...

... - Thua që... Zarit t'i thonë "kurvë" këta? - mendova me dyshim.

Po ç'kishte ajo prej kurve? Para ca kohësh kisha dëgjuar nënën t'i thoshte babit:

- I ziu Bashkim, ç'e gjeti me të bijën, Rezartën! I ka ikur nga duart fare. Dhe është kaq e bukur dreqi!...

- Ç'muhabet bën edhe ti!? - ia priti ai me një farë dhembjeje e trishtimi - Halle - halle dynjaja, grua... Lëri në hallet e tyre njerëzit, shih të tuat, atë bëj! Eh, fat dreqi... - pëshpëriti pastaj edhe babai dhe nuk foli më.

Pra... se për kë pat qenë ky fat dreqi, për Bashkimin apo për Zarin, s'po e ftilloja dot. Ajo qe e bija dhe kur ka fat ajo, ka edhe babai. Se fundja një familje qenë.

Pastaj më përziheshin ca fjalë të tjera që i pata mësuar në orën e leximit letrar: "Bëmë baba të të ngjaj, i zoti e di ku i pikon çatia, i zoti e nxjerr gomarin nga balta". Po këto më ngatërronin fatin e Bashkimit e të Zarit, me atë që thanë mami me babin.

Sidoqoftë e kisha gjetur kë do pyesja. Atëherë me ne banonte edhe një hallë, domethënë motra e babit, akoma beqare, e cila më donte shumë. Shpesh më nxirrte shëtitje, më blinte plot gjëra e më duronte çdo tekë. Po, po atë do pyesja.

- Halla, pse i thonë kurvë kësaj Zarit? - i thashë një ditë me zë të lartë në mes të rrugës.

- Shët, mistrec!... - shqeu sytë ajo dhe më shtrëngoi dorën, si për të më mbyllur gojën - Janë për të mëdhenjtë këto gjëra. - dhe mezi mbajti të qeshurën.

Pra, kjo pjesa e "kurvës" qenka edhe për të qeshur domethënë. Ose nëse qe vërtet sharje, atëhere dukej hapur se hallës i erdhi mirë që shanin Zarin. Po mirë, po të qe e vërtet, pse duheshin sharë njerëzit me fat?

- Po mirë, o halla, - e ula zërin unë - çfarë i ka këta burrat që rri me ta e pi edhe cigare?

- Shokë pune i ka. - m'u përgjigj halla me tallje të hapur fare.

... - Ama, fat paskan kurvat! - qesha me vete, duke menduar me keqardhje se Zarit i duhej të punonte me ata burra të pistë e të parruar, që flisnin me zë të lartë dhe thoshin edhe ca fjalë që... aman, o zot!

Një ditë kjo Zari erdhi në dyqanin ku mbanim rradhë për ushqimet. Pa që më erdhi rradha mua dhe më tha t'i blija edhe asaj një vaj dhe një oriz. Njerëzit nisën të bëjnë fjalë e t'i tregojnë fundin e radhës, po ku pyeste Zari. Unë shihja atë, pastaj njerëzit që ngrinin zërin. Shitësja rrinte me supet lart, si për të thënë "po ku të lanë këta"... Burrat më shihnin me inat. Dukej që kishin zili që më qe lutur mua, jo atyre. Kurse gratë me bënin shenja kërcënuese që të mos e ndihmoja. Zari më lutej, se nuk kishte kohë. Unë... fëmijë hesapi, rrija i skuqur si spec i ngrirë.

Ajo e kuptoi pozitën time, iu kthye njerëzve me ca fjalë si të atyre burrave që rrinte, me zë të lartë e pak të ngjirur. Në çast të gjithë u bënë sa grushti, secili bëri sikur s'qe fare në dyqan, asnjëri s'bëri më gëk. Zari iku duke e derdhur lumin e sharjeve edhe jashtë derës. Pasi u largua ajo, shumica u pendua që s'e ndihmuan e po thoshin:

- Le të kishte marrë dreqi, se s'u bë qameti. Sa na prishi terezinë. - dhe nisën ca biseda që mua më dukeshin budallallëqe. Nejse.

Më në fund i doli fati edhe Zarit! U martua me një djalë nga fshati. Nëna ime thoshte se ai e mori për qytetin, ajo për të mbuluar shalët me të. Por ja që ai trimi nga fshati, ia gjeti e ia mblodhi vidat Zarit, sa e bëri të mos njihej kush kishte qenë.

- U mblodh, u mblodh edhe e bija e Bashkimit. - dëgjova mamanë t'i thoshte babit.

- Epo... shyqyr! - tha ai indiferent - Dhe ka marrë goxha djalë. Shyqyr, t'i qeshë pak buza edhe Bashkimit!

- Epo... s'i thonë kot paç fatin e kurvës... - mori zemër mamaja, sapo ai ia zgjati pak muhabetin.

- Epo mjaft tani! Ty të ka rënë fat i keq kështu? - u nxeh babi - Do t'ia mbani tërë jetën avaz tani, ti bashkë me këto gratë e mëhallës?

Ehëëë… ja ç'na qenka ky fati i kurvës! Po unë sa herë dëgjoja ndonjë femër që thoshte "epo s'kam fat, kështu është shkruar për mua", mendoja e thosha me vete "aha, mesa duket kjo nuk do jetë kurvë".

Edhe gocat e klasës, kur kishim provim e zysha na ndante në grupe, ca që ishin në grupin A, ishin me fat, pra, tipi i Zarit, se merrnin nota të mira. Gocat e B - së pa fat, domethënë goca të ndershme, se mernin nota të dobëta…

Më vonë, duke u rritur, sigurisht që gjërat u kthjelluan dhe unë duke qeshur u tregoja shokëve historinë e fatit të kurvës. Më pas kjo u bë edhe shprehja jonë. Kur dikush largohej me punë apo do emigronte, ose do niste ndonjë aktivitet, e përcillnim, ose uronim me "Të shkoftë mbarë e paç fatin e kurvës, inshalla!".

Duke u rritur, gjërat nisa t'i lidhja më thellë me njëra - tjetrën. Përshembull, nuk thonë kot politika është kurvë. Ja, këtu e shanin politikën e po këtu dilnin nëpër mitingje politikanësh, mbase për t'i gjurmuar fatit pas. Po edhe politikanët tamam bij kurvash. Kishin fat. Po, po, kishin fat e çfarë fati! U çanë nëpër konferenca duke i bërë elozhe Evropës. Kurse në tavolina të thjeshta thoshnin "ama ç'është një kurvë plakë kjo Evropa". Po çfarë xhanëm, donin ndonjë kurvë të re këta?

Ndërkohë fëmijët e Zarit ishin rritur. I shihja me vëmendje të dalloja se çfarë të veçante kishin, që njerëzit thoshnin "janë të zgjuar e të zot, bij kurve mo…".

Më pëlqenin fëmijët e Zarit vërtet. Po unë nuk doja të isha as i zoti, as i zgjuar i atij lloji…

Novela

FERNANDA...

Vuri dorën mbi bark dhe iu duk aq i ftohtë. Si një shtëpi e boshatisur dhe e rrënuar ku kishte kohë pa shkelur asgjë e gjallë. Me mure të vijëzuar nga rrëke ngjyrash lagështire, ndryshku të kuqërremtë dhe një të blertë myshku të papastruar prej kushedi sa. E më pas një aromë myku në një të kaltër të zbehtë, që i kallte tmerr, teksa mendonte se asgjë nuk mund t'ia risillte në jetë mitrën që ishte bërë streha e dy qenieve të mrekullueshme, para të cilave ajo ndihej zoti vetë.

Ndjenja të tilla rrallë e pushtonin, por kur i vinin, e kishte kaq të vështirë t'i shmangte, aq më tepër t'i dëbonte me neveri. U bënë kaq vite që edhe brenda vetes ndihej mysafire, sepse nuk ndiente asgjë të bëhej vetë e dytë dhe të bashkëbisedonte. Kërkonte medoemos që të kishte diçka brenda asaj shtëpize, atë që dikur e ndiente të ishte kopja e saj. Të njëjtët damarë që i dërgonin gjak në të gjithë trupin kalonin edhe te embrioni që ajo rriste. Pastaj mushkëritë ledhatonin ajër të pastër për te vetja e saj e dytë. Stomaku, ahahaa!

- Duhet të ha ndonjë gjë. Bebi do të hajë. Ja, shikoje si më bie me shkelm! Më duket se do zgjasë dorën te stomaku im për të ngrënë vetë. - i thoshte të shoqit duke i shkelur syrin djallëzisht, sa herë gungat e mëdha i dilnin nën lëkurën e barkut.

Ah... bebi i saj!

- Nuk dua ta di se çfarë është, mjaft të jetë mirë dhe i bukur. Dua t'i jap nga bukuria ime, të shoh se ai që sot jeton tek unë, që është jeta ime, fryma ime... Të bëjë që nesër edhe unë të rroj prej tij.

Dhe i prekte barkun, lëkurën, ballin, damarët mbi pëllëmbë e qeshte mirësisht, sikur prekte atë.

... - Ai është brenda tek unë! Ai rron nëpërmjet meje, por edhe unë rroj nëpërmjet tij. Jemi aq të lidhur... Ti nuk arrin ta ndiesh sa të lidhur e kam fatin me qenien që mbaj këtu brenda. - ia bënte zili të shoqit, sa herë i merrte dorën dhe ia vinte në barkun e kërcyer.

- Po edhe ty, edhe ty të kam këtu... Mos u mërzit, zemra ime! Do bëhemi tre, pastaj katër, mbase edhe... Dhe do jemi të lumtur. - qeshte pa fund.

E ndiente se edhe ai lumturohej në qetësinë e tij

Por ato kohë dukeshin tashmë të rrënuara nëpër kujtime të lagura që zbeheshin gjithnjë e më shumë.

U ndie si në ëndërr dhe po përtonte të zgjaste dorën të merrte celularin që sikur kërcente nga dridhjet e zilet që nuk pushonin. Pastaj nisi të kërkojë mbi komedinë symbyllur e përgjumësh, duke besuar se mund ta gjente ashtu sendin që vibronte pa pushim. Por zilet pushuan dhe ajo nuk arriti ta gjejë telefonin. Tërhoqi dorën sikur mezi kishte pritur të pushonte, për të vazhduar ëndrrën më pak e kujtimet më shumë aty ku i kishte lënë. Por gjumi qe trembur, i kishte lënë shëndenë, për ta lënë pre vetëm të kujtimeve që shpesh e më shpesh ndinte ta vini përfund.

...Kohët e fundit ziheshin e grindeshin dendur. Ai ikte i mërzitur dhe e linte vetëm. Fundja le të vuante edhe ajo! Le të rrinin pa njëri - tjetrin, që të mësonte si të sillej. Përpëlitej në shtrat pa ditur si mund ta afronte përsëri. Disa herë kishte provuar edhe qetësues. Po farmacistja që e kishte shoqe, ishte vrenjtur dhe e kishte këshilluar të mos i përdorte kaq dendur, sepse... Ndaj edhe kohët e fundit grindjet me gjumin ishin bërë kaq të shpeshta, sa përpiqej, jepte e merrte me veten të bëhej më e kujdesshme me të, e merrte me të mirë dhe qetë - qetë, po përsëri ishte aq e vështirë.

* * *

U bënë kohë pa punë në vendin ku kishte shkuar. Kishte shitur gjithçka në vendin e saj, për të ardhur këtu më vend të huaj me një shpresë më shumë. I shiti badihava, për një çapë bukë dhe u nis menjëherë për të mos pasur mundësi t'i harxhonte pa duk ato lekë. Të dyja vajzat i çoi te prindërit.

- Do iki! - u tha e vendosur.

Babai e pa ngrysur, në heshtje, me qortim e mosbesim për hapin që po hidhte. E pyeti me sy nëse e kishte menduar se çfarë pune do të bënte andej...

- Për punë po iki, jo për qejf. - i foli ashpër babait.

Duhej ta kuptonte se nuk po shkonte të... kurvëronte, por të punonte për të rritur dy vogëlushet. Burri ia la jetime pas një aksidenti në punë dhe që atëherë gjithçka e lumtur qe shembur për të mos u ngritur më.

Babai tundi kokën dhembshëm. Nëna e përlotur i mori vajzat dhe hyri brenda. Ai... mbase ia niste të bërtiturës e të grindurës me të bijën dhe ato... Ah, ato ishin ende të vogla, dhjetë e dymbëdhjetë vjeçe. Për t'i marrë me të mirë, e ëma u kishte dhënë nga një çokollatë dhe përdore i kishte çuar te gjyshërit. I dhembte shpirti, por nuk e tregonte. Nëse thyhej që tani, punët do t'i shkonin zvarrë e më zvarrë. Babai uli kokën në një farë mosmiratimi, a në një si miratim pa fjalë nga e keqja. Ajo e kapi fort nga supi dhe e ktheu nga vetja.

- Nëse e sheh të vështirë t'i mbash, mund të gjej zgjidhje të tjera, por ti e di çdo thonë bota. Më thuaj...

Atij i notuan sytë në pikëllim, i ra në gjoks së bijës duke ngashëryer.

- Hesht! - bëri të fortën - Jam unë, që duhet të qaj, jo ti. Ti je burrë, e ke bërë detyrën tënde. Tani ndihmomë të bëj unë timen. Nëse nuk ia dal, do vij përsëri e do t'i marr. Nëse ia dal, prapë do t'i marr, po për të mirën e tyre. Dhe ju do t'ju liroj. E di që janë barrë... Po...

Ai miratoi me kokë. Por dukej që ishte mbushur me aq pikëpyetje brenda tij, sa gati po plaste.

- Kam ca të njohur si fillim. Kam edhe ca lekë për t'u ambientuar e për të mos i rënë në qafë njeriu. Jam e fortë. Ki besim tek unë...

E ndiente se tek ajo, te bijëza e babait, duhej besuar. Doli i heshtur nga shtëpia dhe u kthye në darkë vonë i pirë thumb. Ajo e çoi në shtrat vetë, e mbuloi dhe e puthi në ballë. Ndiente se ai dridhej në ethe të forta, por i duhej të bëhej e fortë. Kur u kthye në kuzhinë, gjeti nënën me kokën në duar duke tërhequr hundët në një ngashërim që mundohej ta fshihte. I dhembi shpirti. Rrëmoi e gjeti një shishe rakie në dollapët ku babai mbante ca vegla e ca rrangulla të tjera. E kthyeu nja dy herë si për të mbledhur veten. E dogji në gjoks! S'e kishte bërë kurrë këtë. Pastaj u kthye te nëna duke i buzëqeshur ëmbël.

- Do edhe ti pak raki? Bën mirë, mbledhim veten.

Ajo bëri "jo" me kokë, e tërhoqi në prehër sikur të qe e vogël dhe u përqafuan fort nënë e bijë.

Ashtu i zuri gjumi, u gdhinë të mpira. Babai ishte ngritur më parë dhe bënte kafenë. E pinë thuajse në heshtje, pastaj u ngritën të gjithë. Ajo puthi vajzat me lot në sy, përqafoi prindërit, mori çantat me plaçka dhe u nis. Për ku, nuk e dinte as vetë, por që shpesh, për t'u ndierë mirë me veten, e quante "ëndërr".

Sa mbeti vetëm në kuvertë në mes të atij deti, i hipi një e qarë me denesë. Ajo që e priste e që nuk mund ta merrte as me mend, nisi t'i dukej përbindësh. Ëndërr e errët, pa shpresa të bëhej realitet. U ndie aq e lodhur, por tani ç'ishte për të bërë, ishte bërë. Ngushëllohej se asnjëherë nuk e kishte gënjyer veten se do ta kishte të lehtë. Por edhe aq hata, nuk e kishte menduar.

* * *

Zgjati dorën dhe gjeti menjëherë telefonin. Tek po kontrollonte për thirjet, aparati iu drodh përsëri në dorë e zhurmoi si zilja e shkollës kur mbaronte mësimi. U përgjigj e mekur, duke kujtuar vetëtimthi detyrimet, ndonjë pagesë të pashlyer akoma. Dëgjoi një zë të lodhur gruaje dhe ndieu në çast që një dritë sikur ndriçoi kohën që ajo priste të vinte.

Dikush e thirri për punë...

U vesh vetëtimë, një tualet fare të lehtë dhe nxitoi për të kapur taksi të shkonte në adresën që e shtrëngonte në dorë, si ta kishte fishin i llotarisë ku qe hedhur jeta e saj. Në taksi e sulmoi një mori e pafundme pandehmash e pikëpyetjesh nga më të ndryshmet, që ajo i shfletonte thjesht sa për të bërë rrugën dhe për të dëbuar ankthin që i shtrëngonte gjoksin. Çfarëdo pune që do t'i ofrohej, do ta bënte, bile shumë mirë, sepse e kundërta do ishte fundi i pakthyshëm për të.

...Gruaja që e thirri, ishte e vjetër. Jo fort e gjatë, trupdrejtë për moshën, e hollë gati e thatë. Mbante syze me skelet hollak dhe ishte e veshur hijshëm.

- Nuk dua t'i dish hallet e mia. As unë të tuat. Dua të ngremë një punë të mirë që t'i shërbejmë njëra - tjetrës me përpikmëri. Jo me dhembshuri, sepse nisin ndijime të tjera që e prishin punën. Në rregull? Do të paguaj mirë, do të të paguaj shumë mirë...

Gruaja fliste pa e parë në sy. Bënte sikur pastronte ca gjethe të thara lulesh mbi parvaz. Diçka misterioze kishte autoriteti që donte të vinte ajo grua plakë me zërin gati në të ngjirur. Por asaj i pëlqente ky lloj komunikimi dhe ndarje e prerë e punëve që do bëheshin.

- Po, nënë! - iu përgjigj e entusiazmuar.

Gruaja e moshuar heshti një çast, u kthy nga ajo, ndenji pa lëvizur dhe e pa ftohtë në sy. Kishte sy jeshilë të errët dhe e ftohta e shikimit bëhej fare akull.

- Ah... gabove që tani! - tha dhe uli kokën me njëlloj trishtimi si për të mbajtur veten të mos e tepronte me qortime. - Sapo ta thashë. Ju jeni mësuar të respektoni duke i afruar njerëzit. Unë nuk jam nëna jote. Jam zonja jote. Mësohu! Nëse jo, më vjen keq, por duhet të ikësh... Nuk është ndonjë qamet i madh, e kanë provuar edhe të tjera dhe kanë ikur, sepse nuk dinë. Ose....

- Unë dua dhe shpresoj të mësoj ta bëj! - guxoi e tha e sapoardhura në atë shtëpi të madhe e të bukur.

Por ndieu t'i dhembë shpirti që brenda një kohe kaq të shkurtër, zonja ndërroi qëndrim disa herë. Iu duk e frikshme. Vërtet mbase do ishte shumë e vështirë, po fundja duhet ta provonte. I duhej të sforcohej për të mos gabuar më.

- A më kupton? Nuk dua të të tremb, por duhet të të them të vërtetën. Do rrish ditë - natë, njëzetë e katër orë me mua. Nuk është eksperiment, por duhet të përshtatesh. Pagesa do jetë shumë e mirë. Ta përsëris, sepse më duket se do të të dua. Po më pelqen ti...

E ekzaltuar nga paga që do të merrte, e shihte zonjën me njëlloj adhurimi dhe sigurisht ishte gati të fillonte që atë çast mga puna.

- ...Po, po! Që tani të filloj dhe ta shoh më konkretisht. Zot çfarë shtëpie! - mendoi duke përpirë çdo detaj; muret, organizimin e mrekullueshëm të orendive.

Vila kishte oborr të bukur, shumë dhoma dhe një holl që të kujtonte parajsën.

- E gjitha juaja është, zonjë?

Tjetra bëri po me kokë, ndonëse një gjest bezdie i reflektoi në një lëvizje të pakontrolluar.

- E jona! - psherëtiu pas pak me zë të humbur.

Uli kokën dhe lëvizi më tutje. Vajza nuk duhej t'i shihte lotë në sytë që kishin nisur t'i humbnin ngjyrën në errësimin e vazhdueshëm. Nga dielli i mesditës gjithçka mund të ndodhte. Dhe sigurisht nuk mund të paragjykoje asnjë për detajet e vogla që as binin në sy.

Zonja uli syzet e diellit dhe nuk dukej më se ku shihte.

- Në përgjithësi të thashë çfarë dua. Për të tjerat do flasim në vazhdim. Do flasim... Ti më pëlqen. Nga të gjitha që kam pritur, ti më pëlqen. Po, po, më pëlqen... Vetëm se do t'iu bindesh rregullave të shtëpisë, duke nisur që nga veshja e deri te tualeti që do përdorësh...

Ndihej gëzim në atë që thoshte.

E sapoardhura u habit, por fundja nuk pa ndonjë të keqe. Plaka kërkonte shërbim, kërkonte një njeri që t'i rrinte pranë. Të lante e të pastronte shtëpinë, të gatuante, të bënte pazare... Ç'kishte këtu për t'u habitur! Dhe ajo hë për hë ndihej e lumtur. Paga do shkonte e paprekur te vajzat e te prindërit, sepse çdo gjë që i duhej, do ishte brendapërbrenda shtëpisë. Fundja ndonjë gjë qejfi edhe mund ta blinte duke cënuar pagën.

Pasdite, së bashku me zonjën shkoi të dorëzote shtëpinë ku kishte qëndruar me qera. Sytë iu njomën. Mes atyre mureve ishte trishtuar dhe ishte lutur pa fund për fatin e saj. I dukej se para se të ikte, duhej të fshinte lotët kudo ku i kishin rrjedhur, gjithë dhembjet. Askush nuk do t'i lexonte, sepse askujt nuk i duheshin. Mblidhte plaçkat e veta me një buzëqeshje të ngjitur në fytyrë si tualet për dhembjet që ndiente. Teksa zbriste shkallët me çantën dhe valixhen e rrobave, vuri re se zonja po paguante pronaren e shtëpisë.

- Ah, jo! Ju lutem! Nuk është detyrimi juaj. Nuk...

- Muaji sapo ka filluar, ky është detyrimi im. - i tha ajo me zë të plotë, qartë se atë gjë e kishte vendosur.

Pak kohë më vonë, rehatuar në dhomën e saj, u ndie e lodhur për atë ditë, me shpresën e madhe e të bukur se të nesermen jeta e saj do të ndryshonte.

* * *

U zgjua nga një rreze dielli që i ra në fytyrë dhe u tremb. Gjithçka iu duk e re, e panjohur. I duhej të zgjidhte kush ishte ëndërra; ajo që kishte ndodhur deri dje apo ajo që po shihte tani? Një aromë tjetër kishte ajri këtu, gjithçka një pamje tjetër. U ngrit me një farë frike se mos ishte vonë. U vesh shpejt e shpejt dhe nxitoi për në tualet të rregullohej. Me siguri zonja do ta donte të bukur e të shkathët. Nxitonte dhe ndihej kaq mirë. Në shtëpi ende kishte heshtje. I jepte kurajë vetes, bënte kujdes në çdo punë, sidomos në sjelljet që kërkonte korrektësisht plaka. Zbriti shkallët lehtë - lehtë, pa zhurë. Donte të vinte gjithçka nëpër vende në holl, pastaj...

Zot, ajo ishte në këmbë! Kishte vënë gjithçka në rregull dhe po merrte pluhurat mbi oxhak. U ndie jashtë mase keq. Koka iu ftoh dhe u rrënqeth e tëra. Ishte dita e parë e një pune aq premtuese. Zonja ktheu kokën dhe i buzëqeshi. Për një çast iu duk ironike ajo buzëqeshje. Si të ishte ndryshe...

- Mirëmëngjes! Si fjete?

Ajo ia afrua kokëulur.

- Mirëmëngjes! Mirë, faleminderit! Më falni...

Ajo i ngriti mjekrën duke e parë në sy. Zonja ishte vërtet e çiltër dhe elegante. Eleganca e saj sikur reflektonte në gjithë atë shtëpi.

- Asgjë s'ka. Nuk kemi vënë orare.

Ajo ngriti kokën si për të hetuar sa të vërteta ishin fjalët që dëgjoi, buzëqeshi dhe e pa në sytë e pastër.

- Po... kjo është detyra ime...

- Të dyja bashkë do t'i bëjmë të gjitha. - vuri buzën në gaz zonja përzemërsisht.

Ditët kalonin. Në sjellje të tilla, asaj diçka nuk i pëlqente. Në fillim i kishte thënë "Dua të ndërtojmë një punë të mirë që t'i shërbejmë njëra - tjetrës me përpikmëri". Por jo deri këtu. Fundja për çfarë paguhej ajo? Mos do vinte vallë një ditë që njëherë t'ia vononte pagën e herën tjetër të mos e paguante fare, duke i thënë se s'kishte bërë asgjë e se gjithça e kishte bërë vetë?

Po i bëheshin të zakonshëm mëngjeset, paraditet, pasditet. Kishte nisur të përshtatej dhe merrej vesh edhe pa folur me zonjën. Dukeshin si hije që ndiqnin njëra - tjetrën. Edhe qeshnin, edhe tregonin. Por pa zë. Dukej se tani ato dinin shumë për shoshoqen.

Një mëngjes zonja i tha se do dilnin. U vesh, u rregullua dhe u nisën. Rrugës ajo e pyeti nëse dinte të ngiste makinën.

- Jo! Në vendin tim nuk kam makinë, as mundësi për të pasur. Po edhe nuk më është dashur ndonjëherë. Jo se kemi ndonjë transport publik kush e di se çfarë, por se distancat që na duhet të lëvizim janë të shkurtëra. - dhe ndieu të ishte skuqur. - Vend i vogël, qytete të vegjël e të qetë, mbase... mbase nga papunësia.

- Duhet ta marrësh këtë licensë. Nuk do guidoj unë gjithnjë. Jam plakë tani. - dhe u kthye duke qeshur.

Ajo e shikoi me habi e gëzim. Deri tani makinën e kishte parë si luks jo si punë, si detyrë. Ndërkohë mbërritën në një shesh të madh ku gjetën vend për të parkuar e më pas ecën në këmbë deri te një parukeri.

- Do bësh flokët. Duhet të jesh e bukur. - i tha zonja duke ia prekur me një farë përkëdhelie.

- Faleminderit!

Zonja përshëndeti parukieret, pastaj nisi të bënte shaka duke folur me zërin e ngjirur. Diçka u tregonte në një revistë. Dallonte që ishte kliente e vjetër në atë parukeri, sepse të gjitha e njihnin. Por në marrëdhëniet që dukej se kishte me punonjëset, vihej re një respekt i tejmase, deri njëlloj servilizmi. Me siguri bakshishet që merrnin ishin të mira.

Njëra nga parukieret, një vajzë e re plot sharm, iu afrua e qeshur dhe i bëri shenjë të ulej në poltron. Ajo u ul me njëlloj ndrojtjeje që përgjithësisht e kanë klientet e reja dhe në pasqyrë pa veten në një qetësi që kishte kohë që nuk ishte ndodhur. U ndie e privilegjuar dhe një cep i buzës i lëvizi nga kënaqësia. Diçka e brendshme e bënte të mendonte kur do shihej përsëri në një pasqyrë luksoze si kjo. Tani që ishte më e qetë, pa me dëshpërim se gjithë ajo kohë e vështirë i kishte lënë gjurmë në fytyrë, në qafë e në sy. I erdhi keq për veten, po fundja tani duhej të gëzonte për fatin e ditëve të fundit. E shihte si vallëzonte gërshëra mbi flokë dhe i vinte mirë. Shikonte si merrte formë dhe ndihej në mëdyshje. Fundja, këto mjeshtre me siguri ishin më të zonjat se të vendit të saj. Po i dukej vetja si manekine e një kohe mbase njëzetë - tridhjetë viteve më parë, por e bukur gjithësesi. Në përfundim qeshi e kënaqur. Me siguri kjo nuk do ishte hera e fundit që vinte këtu.

* * *

- Fernandaaa! - dëgjoi ta thërrisnin që poshtë.

... - Me siguri duhet të ketë ardhur dikush. - mendoi dhe nxitoi të zbriste.

Në fakt gjithnjë e lajmëronte kur priste njeri, por kësaj radhe sikur nuk i kujtohej t'i kishte thënë gjë. Mbase... Zonja fliste kaq pak edhe në telefon, sa ajo habitej.

- Fernandaaa! - u zgjat zëri që dëgjohej deri lart.

Kur e pa që po zbriste nga shkallët, i bëri shenjë të nxitonte dhe u fut e para në dhomën e ndenjes. Nuk shihte të kishte njeri tjetër. I bëri shenjë të ulej.

- Fernanda, dëgjomë! Tani dua të të vesh bukur, siç më pëlqen mua.

Ajo e pa me habi dhe u bë gati të fliste. Kishte vënë buzën në gaz me njëlloj mosbesimi e frike. Po tani besoi se kishte thirrur atë.

- Zonjë... unë jam... Doruntina, shkurt Dori. Ju...

- E mirë, mirë. S'është ndonjë gjë e madhe. Fundja... nuk m'u kujtua dhe të thirra në emrin tim. - tha me ngjirjen e saj.

Mbase ishte një përpjekje për ta kaluar pa seriozitet atë situatë. Dori uli kokën më një buzëqeshje që iu duk si detyrë ta bënte.

- Eja, ndiqmë! - tha tjetra duke ecur përpara.

Në dhomën që përdorej si garderobë zonja iu afrua një dollapi që Dorit iu duk si antikë shumë e bukur. U kthye nga Dori dhe e pa sikur e mati nga koka te këmbët. Dukej se kishte njëlloj meraku që i bëhej ankth. Hapi sirtarët dhe nxori që aty rrobe shumë të bukura, edhe të reja fare, me një aromë aq të mirë që Dorit i kujtuan gjyshen.

Zonja ia vuri mbi trup sikur i maste gjatësinë e gjerësinë duke e këqyrur me kënaqësi.

- I paske fiks. Duhet të të rrinë mirë. Janë të tuat!

- Faleminderit! - buzëqeshi Dori me mirënjohje.
- Vishi, vishi! Dua të shoh si të rrinë, si dukesh. Tani...

Pasi i veshi dhe u pa edhe në pasqyrë, i doli zonjës para... Fernanda u përlot dhe e mori në krahë. Ashtu në krahët e njëra - tjetrës ndienë njëra mirënjohjen, tjetra kënaqësinë e të bërit mirë.

* * *

Kishin kaluar kohë të tëra dhe Dorit po i pëlqente si po shkonin punët. Thua se gjithë kjo lumturi e qetësi i takonte vetëm asaj. Vajzave dhe prindërve u dërgonte rregullisht të holla, po në telefon kishte ndierë përsëri dhembjen dhe ngashërimin e babait.

- Jo, babi, nuk është si mendon. Eshtë vërtet pagë e mirë, por e ndershme. Do të të tregoj më vonë. Nëse kjo punë zgjat, vetëm disa vite dhe do jemi të lumtur të gjithë. Ajo është një zonjë mbi të shtatëdhjetat. Shumë e mirë dhe shumë e sjellshme. Korrekte. E vetme, vetëm mua më ka. Do zoti!...

- Ashtu qoftë, bija ime, ashtu qoftë!...

- Ashtu është, babi. Rri i qetë!

Ajo shpesh ndiente se Fernanda nuk kishte nevojë për të. Shumë punë i gjente të bëra dhe me shumë kujdes. Por kishte njëlloj bezdie në vendimet që merrte për gjërat që i quante personale. Gjithësesi, pas çdo vendimi të tillë, Dori qeshte me njëlloj mirësie. Shyqyr që nuk është e bezdisur në gjëra të tjera, thoshte me vete, fundja në këtë moshë... Eshtë mrekulli fare. Pastaj, paga... Justifikon çdo veprim.

- Fernandaaa, Fernandaaaa!...

U tremb. U ngrit me nxitim për të zbritur poshtë. Ç'ishte kështu? Kësaj nuk po i kujtohej emri!? Edhe në këtë orë të vonë kur në shtëpi nuk kishte njeri tjetër?

- Zonjë, më thirrët? - pyeti e qetë kur e pa në këmbë.

- Po, po. Të thirra. Sigurisht. Kujt mund t'i thërras tjetër në këtë ngrehinë ku jemi vetëm ne të dyja dhe ca bimë qe ti i quan lule dhe i vadit?

- Po unë... jam Dori, zonjë. - i preku duart dhe e afroi te kolltuku të ulej.

Ajo i fiksoi sytë frikshëm dhe diç nisi të mendonte.

... - Zoti më ruajtë! - u tremb Dori - Ndonjë sklerozë e saj dhe... gjithçka shembet menjëherë. Nuk do mundesha dot më...

- Po, po, e di. E di që ti je Dori...

U kthye dhe i qeshi ëmbël për ta siguruar se nuk ia kishte harruar emrin.

- Por si të të them. E di?... Më pëlqen të të thërras në emrin tim. Ka ndonjë gjë që nuk shkon? S'ka pse të të mbetet hatri.

Dorin kjo kërkesë e gjeti bosh. Të pyeste iu duk e tepërt. Dukej, ajo e kishte vendosur si do ta thërriste.

- Po ju? Si do të quheni ju?

Duket se plaka nuk e kishte menduar këtë pyetje, sepse ngriti vetullat si për t'u menduar. Dorit iu duk se e kishte vënë në një pozitë jo fort të përshtatshme dhe që të mos e linte ashtu ligsht, ia mori të dy duart në të sajat.

- Në qoftë se ju... S'di ç'të them... Përse duhet? - u ndie e detyruar të kërkonte sadopak shpjegim.

Plaka ia kaloi duart mbi të sajat dhe ajo ndieu një ngrohtësi aq të mirë e të ëmbël...

- Dori... S'di as unë të them, po ja që më pëlqen. Ti më pëlqen në të gjitha veprimet, punët, lëvizjet. Kam menduar që muajin tjetër ta rrisim pak edhe pagesën. Ti më pëlqen...

- Faleminderit, zonjë, shumë faleminderit!...

I dukej se tjetra po fliste gjysmë me vete. Ndieu një-lloj padurimi deri sa të mësonte nese ishte në rregull kur tha atë premtimin për rritje pagese. Fernanda... Në çast iu kujtua se po pagëzohej me atë emër. Ndoshta edhe për respekt të zonjës, nuk i dukej i keq, i pëlqente të thirrej ashtu. "Fernanda" - i foli vetes, ktheu kokën si për të reaguar dhe buzeqeshi pa ndonjë arsye që mund t'i vinte emër.

- Fernandaaa!... - pëshpëriti plaka, si për ta provuar nëse Dori e kishte pranuar ofertën.

Ajo ktheu kokën dhe qeshi.

- Dua një kafe, të lutem!

- Nuk mendoj se është mirë në ketë orë.

- E di, por sonte e dua. - këmbënguli ajo.

Ndërsa po shkonte te ekspresi, ndieu se zonja po e përcillte me një vështrim plot kënaqësi.

I solli kafen dhe iu ul pranë.

- Mos ki frikë se të marr emrin. - i tha dhe qeshi me një lloj gëzimi që nuk mundi ta fshehë dot.

Dorit i vinte për të qeshur aty mes çarçafëve të bardhë, teksa rrotullohej.

"Unë... Fernanda!...".

Në fakt, nuk i kishtë pëlqyer shumë ajo sjellje e zonjës, po fundja... ç'do ta gjente! Njëlloj sikleti e linte pa gjumë. I dukej se në shtrat ishte vet e dytë; edhe Dori edhe Fernanda dhe kjo e bezdiste. Po vetëm kaq.

Thuajse kishte kaluar mesi i natës, kur dëgjoi zonjën ta thërriste.

- Fernanda, Fernandaaa!...

... - Zoti më ruajtë! - u tremb e u hodh përpjetë t'i shkonte pranë.

Zbriti shkallët me vrap, mbërriti te dhoma dhe hyri brenda me nxitim e me njëlloj ankthi.

- Asgjë për t'u shqetësuar... Më fal! Kishe të drejtë. Një kafe në atë orë që e piva unë është pagjumësi e sigurtë.

Dori shihte njëherë shtratin bosh dhe një herë atë vetë në këmbë teksa merrte qetësues.

- Më thoni, zonjë, si mund t'ju ndihmoj?

- Ah... mos u shqetëso! Ja, do rrimë bashkë deri sa të vijë gjumi dhe... Po ti shtrihu, shtrihu fli.

Dori e pa e habitur; sapo e thirri për ta shoqëruar dhe po i thoshte të flinte? Megjithatë pa se ku mund të shtrihej në atë dhomën. Vuri re edhe se ajo nuk ishte shtrirë fare në shtrojat që ndërruan pasdite. Siç duket do ishte duke parë televizor.

- Aty në shtratin tim fli, aty... - tregoi dhe bëri shenjë me dorë. - Nuk i kam prekur çarçafët. Janë të pastër. Shtrihu fli aty. Unë ja, do mbështetem ca këtu në kolltuk, deri sa të më vijë gjumi...

- Po ç'kuptim ka, zonjë? Ju keni shtratin tuaj. Mbështetem unë në kolltuk e ju shtrihuni e flini rehat.

- Jo, jo, s'ka gjë, dua të shoh Fernandën e re si fle në shtratin e saj...

Dëshirat e plakës iu dukën të çuditshme dhe u ndie në ankthi. Kjo vërtet po i dukej një mesnatë misterioze. Mos plaka parandiente gjë të keqe për veten dhe nata i jepte frikë? Shtatëdhjetë e ca vjet nuk janë shumë për të parandjerë të keqen brenda një nate. Por kishte qenë me halle dhe qe vrarë nga jeta. Ia kishte dalë të ndërtonte këtë shtëpi të mrekullueshme bashkë me burrin vdekur i ri. E kishte lënë me dy djem të parritur mirë. Gjithë jetën ishte copëtuar t'i rriste e t'i shkollonte. Pastaj... ata kishin emigruar në vende më të mira dhe kishin dashur ta merrnin me vete. Por ajo... jo që jo!

... - Për çfarë duhet të shkoja pas tyre! - i kishte thënë njëherë kur kishte rënë fjala te prindërit e Dorit. - Unë u martova e madhe dhe i linda shpejt e shpejt njërin pas tjetrit. Nuk kisha kohë. Zoti më ndihmoi. U bënë të zotë, po panë jetën e tyre. Siç e shikon, nuk më mungon gjë, falë edhe ndihmës të tyre. Por nuk mund të ikja. Jam lidhur shumë me këtë shtëpi, me varrin e burrit që bën tridhjetë vjet vdekur... As që e përfytyroja të ikja nga ky vend, pse ta bëja? Por ata nuk i pengova, s'kisha pse. Rroj mirë me pronat që jap me qera...

Dori u bind si qengj dhe u shtri në shtrat. Ishte një krevat i madh, shumë i rehatshëm. Ajo u përkul mbi të dhe e mbuloi me kujdes deri te rrethi qafës...

Iu kujtua nëna e saj dhe iu mbushën sytë me lot.

- Fernanda ime e re... - dëgjoi t'i fliste me përkëdheli e ta shihte në sy.

Dori ndieu një drithërim në zemër. Gjumi nuk mund ta zinte ashtu menjëherë, por sytë i mbylli edhe për t'i bërë qejfin plakës.

...Degët e ekualiptit u përplasën mbi dritare nga një erë e fortë që nisi dhe pastaj plasi shtërngatë mbi xhamin që kërciste nga shiu. Mbase angushtia prej motit e kishte lënë pa gjumë zonjën e saj. U përmend, u ngrit dhe e pa që flinte në kolltuk. E kishte zënë gjumi ashtu duke e parë tek flinte. E përmendi për ta çuar në shtratin e saj. Plaka sikur iu llastua në krahë dhe i pëshpëriti me gjysmë zëri:

- Nesër do sjellim edhe krevatin tënd këtu. Isha në një gjumë parajse. Të dua shumë, Fernanda ime!

Te nesërmen ishte e diel. Jashtë dukej një ajër tejet i pastër nga shiu i natës. Plaka dukej vërtet e lumtur, mbase edhe se ishte festë.

- Dalim! Hamë drekë në një restorant që di unë dhe kthehemi pasdite. Shiko sa ngjyrë ka vjeshta sot!

Brodhën atë ditë me makinë park më park dhe Dori ndiente se si gëzonte Fernanda me festimet që bënin njerëzit, shëtitjet, britmat gazmore, balonat e ngritura në atë bregdet të ngushtë...

Pastaj hynë në një restorant shumë luksoz në dalje të qytetit. U ulën në brendësi të kopshtit, nën një tendë mbuluar bukur nga lule kacavjerrëse që derdheshin zhdërvjelltësisht anëve.

- Mund të vinit edhe me miq tuajt këtu. Për mua... ky luks është i tepërt.

Ajo e pa pak vëngër po nuk foli.

- Miqtë që doja nuk janë më... Rri rehat, Fernandë! Nuk dua të dëgjoj më të tilla gjëra. Je shumë e mirë dhe të dua shumë. Po kaq. Mjafton.

- Doja të thoja se...

- Po nuk fole, nuk bën gabim. Ndërsa po fole edhe mund të... Nejse. Ç'kishe për të thënë e the.

Kaluan minuta dhe Dori u ndie keq.

- Më falni, zonjë! - i tha duke e parë në sy.

Fernanda i buzëqeshi dhe i kapi dorën në shenjë

mirëkuptimi. Dori ndieu përgjegjësinë t'ia kthente po ashtu. Zonja thoshte vazhdimisht se shpesh mirësjellja është edukatë dhe nivel i lartë kulture. Në disa raste edhe domozdoshmëri.

- Eshtë fresk. T'ua sjell xhaketën e hollë?

- Ah... jo, jo! Më pëlqen ky fresk. Më rinon. Nëse ke ftohtë, nxito e merr tënden.

Kur u kthye, nuk e gjeti Fernandën aty ku e la.

... - Me siguri është në tualet. - mendoi dhe u ul të priste kamarjerin të vinte të merrte porosinë.

Po kur po merakosej për vonesën, kamarjeri erdhi e i tha se ajo ishte jashtë, në oborr. Doli, e gjeti dhe me shumë kujdes dhe elegancë e mori për krahu të uleshin në tavolinën që po mbulohej me aq shije nga një mbulesë e veçantë.

U ulën, porositën dhe u zhytën secila në të vetat. Dori mendonte shpesh se tani qe lidhur pazgjidhshmërisht me këtë grua. Nuk i dukej ndonjë kushedi se ç'farë e bukur jeta që po bënte, por në kushtet qe ishte, dukej më së miri e pranueshme. Pastaj... Sesi i vinte të mendonte si do ishte e ardhmja e kësaj pune e si do vazhdonte marrëdhënia e tyre.

Edhe Fernanda bluante për hesap të vet. Sytë jeshilë lëviznin pambarimisht për të risjellë mendime e kujtime të tjera. Por shpesh Dori shihte sesi ngecnin me njëfarë ndroje për t'u përplasur me sytë e saj.

- Kam ardhur gjithnjë me Polin tim këtu, gjithnjë... Ky vend thuajse nuk ka ndryshuar fare. Aty jashtë, tek ai rrethi me dhé të ngritur, bar e lule, aty ka qenë një pistë vallëzimi. Eja, eja të ta tregoj, sa të vijnë ushqimet! Dhe gjithnjë në këtë restorant vjen një aromë myshku e mrekullueshme. Ose më pëlqen mua, se më sjell kujtime...

Dorit i pëlqeu logjika e saj dhe i buzëqeshi. Për t'i bërë qejfin, u ngrit e para, ndoshta edhe për ta ndihmuar, por ajo ndihej e përfshirë në njëlloj gjallërie e menjëherëshme. Pa asnjë mundim u ngrit dhe eci përpara. I zgjati krahun Dorit si për ta tërhequr dhe dolën jashtë.

- Ja, këtu! Oh, sa kam kërcyer këtu me Polin! Ti di të kërcesh, Fernanda ime? Po nuk dite, duhet të mësosh. Duhet të dish të kërcesh edhe ti me Polin tënd. Eh... Poli im...

Dori e pa e habitur, po me mirëdashje.

- Di zonjë, di. Kam kërcyer edhe unë shumë herë...

- Sa mirë, sa mirë! Sa do të doja të të shihja duke kërcyer! Ja, me atë djalin atje! Eshtë kamarjeri, besoj se do t'i pëlqejë. Do t'i them... - bëri plaka të nisej.

- Zonjë... zonjë! Po nuk ka muzikë. Nuk mundemi... - nxitoi ta pengonte.

Ajo vërtet ishte një plakë akoma energjike, por e lodhur nga malli. Dori nuk mund ta linte të bënte marrëzira. Fundja, njëlloj përgjegjësie e ndiente edhe ajo.

- Ç'ke, Fernanda ime? Ç'ke? Do ta paguaj. Të betohem që do ta paguaj. Mos u ndie ngushtë ti...

Dori u ndie keq, por fundja e kishte për detyrë... Le që ajo nuk mund të vendoste asgjëë. Tëmthat po i ndizeshin prush nga sikleti.

Teksa ktheheshin me makinë, plaka heshte. Përpiqej të dilte nga ajo heshtje, por dukej që nuk mundte. Dukej e lodhur, kishte nxituar shumë në disa situata dhe as vetë nuk dinte saktësisht se pse.

- Të kam mërzitur, Fernanda? Thuajmë të vërtetën, të kam mërzitur?

Dorit i pelqeu ky ton. Ishte njëlloj kërkese për falje, ose... shumë - shumë një ftesë për marrëveshje.

Ktheu kokën dhe i pa sytë e skuqur. Me siguri ajo po qante përbrenda. Ishte një vullkan që nuk gjente krater dhe plaste përbrenda. Me siguri dhembjet duhet të ishin shumë të mëdha. Sepse ishte një luftë me veten dhe Dori e dinte që të tillat janë të papërballueshme.

- Jo, zonjë, jo! Mundohem të kryej detyrën sa më mirë. Ju jeni korrekte për gjithçka. Por s'ka pse nxitoni për disa gjëra që...

- Për shembull? Ma thuaj, Fernandë, ma thuaj pa ndrojë që të mos e përsëris më! Më vjen mirë që do të flasësh. Ne thuajse jemi një...

Dorin e turbulloi drejtimi që mori biseda. E kalldrëmtë e me mundësinë për t'u penguar kudo. Diçka i duhej ta thoshte, por se si... Tani qe bllokuar dhe nuk po mundej as të gjykonte e jo më të zgjidhte fjalët që duheshin.

- Nuk e di, zonjë, nuk... Më ngjan vetja shumë me ju.

Kishte frikë se mos tjetra mërzitej e zemërohej, por pa që i ndritën sytë dhe vuri buzën në gaz.

- Ç'do të thuash?

Dori s'po e merrte më veten. Kuptoi se duhej të tregohej shumë e matur që zonjës të mos i mbetej hatri. Por... edhe ca gjëra t'ia thoshte ama.

- Po ja... Mënyra si deshët të prisja flokët, krehja... Veshjet e stilit të dikurshëm. Unë i kam parë nëpër filma dhe në fotot që ju keni në shtëpi. Dhe kudo më duket sikur ndaloj dhe bëj krahasimin...

- Po! Edhe?

- Po pastaj... emri juaj...

- A s'më thua, ç'të keqe ka, Fernanda? Ç'të keqe ka?

- Asgjë, zonjë, asgjë, - nxitoi të thoshte Dori - po nuk e di nëse do jem kaq e denjë, kaq e zonja qe t'ju kënaq aq sa duhet. Dhe në dhomën tuaj, nuk e di nëse do ketë vend për të dyja... - shkoi aty ku i digjte më shumë.

- Do ketë! - tha tjetra pa i ndarë sytë nga rruga.

Dukej se përtypte çdo grimasë e nëntekst të bisedës. Gazi i makinës ngrihej e ulej në varësi të asaj që thoshte Dori. Dorit vetë iu duk se po ecnin shpejt që të arrinin sa më parë në shtëpi e të sistemonin dhomën siç e kishte parashikuar ajo.

Njëfarë kohe nuk folën fare. Mimika e plakës ndryshonte në mënyrë të habiteshme. Vetëm se nuk i lëvizte buzët fare dhe heshtja ishte e mbarsur me tension që Dorit i jepte siklet. Sigurisht ajo fliste me veten, grindej, pajtohej me të... Pastaj siç duket gjente zgjidhje të kënaqshme, vinte buzën ne gaz dhe shihte nga Dori sikur të qe një fëmijë dhe i duhej doemos t'i tregonte për zgjidhjen që kishte gjetur.

- Edhe nëse nuk i nxe, do ndërrojmë dhomën... - sikur shpotiti plaka.

... - Më duket se edhe pak e do bëhem hija besnike e kësaj edhe natën, edhe ditën. Kudo që shkon. Do t'i bëhem hije e ëndrrës edhe në gjumë. Hije e mendimit të saj, e qeshjes së saj. Ajo do të ndihet kudo vetë e dytë. Me sa duket trupi po i tretet dhe shpirti nuk e lëshon dot. Me mua rinon trupin dhe ndihet edhe shpirtërisht më e re. Sigurisht do të duroj, sepse Ema dhe Tina duan të vishen, të mësojnë... Fundja, kjo nuk po më pengon të bëj jetën time, do vetëm të ndihet brenda meje. Duket se do të futet brenda lëkurës sime e të ndihet femër siç ka qenë. E brishtë, e bukur, e re, e dashuruar, plot jetë... - u habit Dori që u gjend duke i numëruar kaq shumë cilësi vetes e duke ndierë të gjallëruar egon në qenien që e dinte të mpirë.

Por ajo që nuk donte Dori, po ndodhte. Plaka u mobilizua dhe kërkoi vërtet të rrinin në një dhomë. E sollën krevatin e Doruntinës në dhomën e saj.

- Prit! - nxitoi të thoshte duke ia marrë çarçafët nga krahu - Këtu do fle unë. Ti do të flesh te krevati i vërtetë i Fernandës. Dakort?

Dori stepi duke e parë në sy.

- Zonjë...

- Fernanda! Fernandaaaa! Ç'ke që më shikon ashtu? Çfarë ka që nuk shkon?

Dori përsëri nuk guxoi të refuzonte.

... - Fundja shtrati i saj është vërtet më i mirë. - mendoi.

Nisi të mësonte që të mos i merrte me aq kundërshti tekat e plakës. Ngushëllonte veten duke kujtuar se në fund te fundit ishte vetëm një shoqe me të dhe aspak një shërbyese. Thuajse ishte ajo që po i shërbente Dorit. Vuri buzën ne gaz, teksa u gjend në një përfundim të tillë. Tani i mbetej vetëm të niste të jepte urdhëra. I erdhi të qeshte me të madhe e t'i bërtiste:

- Mjaaaftttt, mjaft se këtu zonja jam unë!

Shpesh zgjohej e ndierë nën shikimin e plakës që ngrihej më parë dhe e sodiste me përgjërim tek flinte.

- Më doli gjumi herët dhe u ngrita. Ti flije qetë. Ja ku e ke gotën e qumështit dhe biskotat. Ke edhe bukë të

thekur. Ti solla këtu, Fernanda ime. Se kështu m'i kanë
sjellë edhe mua...

Dita - ditës Dori habitej dhe e donte edhe më shumë
këtë njeri. Ndonjëherë i dukej se gjithë kjo nuk i takon-
te. Pastaj mendonte se mbase qe fati i saj. Pak kishte
vuajtur?

* * *

Ishin bërë shumë kohë që Dori dhe Fernanda je-
tonin bashkë. Vetëm njëherë i kishin ardhur vajzat
e rritura. Kaq ishin mundësitë. Por gjithësesi fliste e
qante hallet me to. E ndiente që plaka bëhej xheloze, se
djemtë e saj, eh... rrallë, shumë rrallë komunikonin me
të. As nipër e mbesa nuk kishte shijuar dhe dukej se
heshtaz, ajo me djemtë ndiheshin të abandonuar me
njëri - tjetrin.

Dorit ndiente se kishte akoma shumë jetë përpara.
Po u afrohej të pesëdhjetave dhe i duhej të kujtohej më
shpesh që nuk ishte Fernandë, por Doruntinë. Men-
donte se pavarësisht nga pozicioni, ajo kishte nevojë
për një njeri, për dikë që të mund t'i ngrohte netët e saj,
gjë të cilën plaka nuk mund ta bënte dot. Dhe kishte ni-
sur të mërzitej. I dukej se po merrte formën e plakës,
lëkurën rrudhur, sytë e varur... Dhe si një gjilpërë ndi-
ente dhembjen t'i hynte shpesh e më shpesh deri në
palcë. As mundësinë të njihej me një mashkull nuk e
kishte. I duhej vërtet të mendonte e në një farë mënyre
të rregullonte një marrëdhënie më jetësore me zonjën.
Fundja jeta po ikte dhe ajo...

E provokonte me ndonjë vonesë kur dilte t'i blinte
ilaçet. Për t'i dhënë të kuptonte se një ditë, pavarësisht

se kur do të vinte, ajo duhej ta kuptonte që... Dhe shihte reagimin e saj.

Sikur t'ia kishte lexuar këtë trishtim, dita - ditës plaka nisi t'i rrinte më afër. Diç bënte lojra me gazeta e telefonë, por kur hynte Dori, i ndërpriste dhe vishte njëlloj maske pafajësie në fytyrë.

Një ditë shkuan te një noter. I bëri një testament ku i linte shtëpinë në kujdestari. Të bënte ç'të donte, por pa të drejtë shitjeje dhe tjetërsimi.

Dori u ndie jashtë mase mirë. Në fillim u trondit kur mori vesh për çfarë kishin shkuar te noteri, por pastaj si me sedër të përkëdhelur i shprehu mirënjohje të pakufishme. I puthi duart e vyshkura me sytë e njomur nga lotët. Ende nuk i besohej, ndonëse e pa dhe e preku në letër vulën e thatë të noterit. Endërrat e gruas së re morën krahë. Çfarë nuk mendonte atë çast e ditëve të tjera më pas!

Një mëngjes zonja e la në shtëpi dhe doli.

- Do iki në varreza, ti s'ke ç'bën aty. Nuk është se bëhem xheloze për Polin e vdekur, po fundja ai ka qenë burri im. Ndodh që edhe i them ndonjë gjë që s'ia kam thënë kur qe gjallë. - dhe i shkeli syrin djallëzisht Dorit.

Mori makinën dhe u nis me një nxitim jo të zakonshëm. Nuk e kishte bërë herë tjetër dhe fillimisht Dorit i bëri përshtypje. Por më pas qetësoi arsyen duke menduar se zonja po plakej çdo ditë e më shumë dhe doemos do merrete edhe huqe të reja.

Kur mbeti vetëm hyri brenda dhe u mbështet mbi kolltuk. Mori e po shikonte revistat e modës. I dukej se kjo kohë i merrej kot dhe mund të kishte plot gjëra më të mira e më të vlefshme për të bërë. Sepse moda për të ishte shumë vite pas. Psherëtiu... I shkoi mendja për një kafe, te lokali përballë. Shpejt e shpejt për të shfrytëzuar kohën që ishte vetëm. Edhe për t'u parë e për të shkëmbyer një buzëqeshje me banakierin...

Në këtë dyzim dëgjoi zilen e derës. Nxitoi. E hapi. Një mesoburrë që i buzëqeshi ashtu sa thua e njihte.

- Fernanda? - pyeti burri me njëlloj ndrojtje.

Aty për aty Dori donte të pergjigjej se vetë ajo ishte. Por duke menduar që asgjë nuk e lidhte me këtë njeri, u kujtua se mbase atë diçka e lidhte me zonjën, ndonëse këto kohë nuk e kishte parë ndonjëherë.

- Vjen më vonë. - i tha me njëlloj pasigurie.

Burri pa orën dhe u vrenjt habitshëm në fytyrë, gjë që Dorit i bëri përshtypje dhe padashur u ndie vetullvrenjtur edhe vetë.

Ai nxori telefonin dhe u duk se mori plakën. Pastaj ra celulari i Dorit. Ishte ajo.

- Të lutem, pranoje në shtëpi zotërinë! Ja që e harrova orarin e takimit me të. Eshtë Poli. Le të rrijë në holl. Gostite siç di ti, të lutem!

Dori dëgjoi dhe kuptoi që plaka ndihej mirë, ndihej gëzueshëm.

- Urdhëroni, zotëri, hyni brenda! - i hapi rrugën mikut dhe u kujdes vetëm ta shtynte lehtë derën.

E drejtoi për te holli ku pritej ndonjë mik i rrallë dhe me dorë i tregoi kolltukët e mëdhenj. Ai dukej që kishte njëlloj sikleti.

... - Po mbase nuk jam marrë vesh mirë me Fernandën... Ç'do kjo grua kaq e bukur këtu? Ajo më tha se jeton vetëm dhe rasti qe kaq i mrekullueshëm për mua që isha i përzgjedhuri i saj.

- Më falni, po ju kush jeni? - guxoi dhe pyeti ai.

Dori u ndie ngushtë. Vërtet që kishte ardhur si shërbyese në atë shtëpi, por tashti... As vetë nuk e dinte se ç'mund të quhej. Por duhej të dilte nga kjo situatë.

- Unë jam mike me zonjën. Vij e ndihmoj kur ka ndonjë punë...

- Dhe si quheni? Nuk më duket se jeni nga ky vend.

Dori heshti një çast që e shfrytëzoi të pyeste burrin për t'iu shmangur pyetjes.

- Çfarë dëshironi për të pirë, zotëri?

- Pak martini, ju lutem, faleminderit! - tha burri duke mos ia ndarë sytë.

Fernanda duhej të vinte. Të dy ndiheshin ngushtë.

- Nuk ma thatë emrin tuaj, zonjë... - foli burri me njëlloj këmbëngulje pa shumë takt.

Dori psherëtiu fshehtas pa ditur si t'i përgjigjej.

- Ju duhet patjetër emri im?

Burri ngriti supet në shenjë pakënaqësie.

- Unë quhem Doruntina, po zonjës i pëlqen të më thërrasë Fernanda për shkurt...

- Fernanda? Dhe juve ju duket se është shkurt t'ju thërrasë Fernanda? Ahahaha! - hapi sytë me habi dhe e shoqëroi me një të qeshur paksa ironike, si për të thënë se nuk ishte aq budalla, sa ajo të tallej me këto gjëra.

Dori bëri sikur nuk e vuri re habinë e tij. Vazhdoi të vinte ca fruta në një frutjerë dhe t'ia shërbente mikut. Fundja ajo zbatonte përpikmërisht urdhërat dhe dëshirat e zonjës së saj.

Për fat u dëgjua zhurma e derës së jashtme dhe Fernanda hyri me të shpejtë.

- Auuu! - qeshi duke iu drejtuar burrit - Ti je Poli?

Ai i ngritur në këmbë i puthi dorën dhe e nderoi siç nderohet një zonjë, por duke mos e fshehur një habi që sikur shpërtheu në fytyrën e tij.

- Fernanda, e gostite mikun? Më vjen mirë që u gjendët të dy pranë. Ulu, ulu pranë Polit, Fernanda! Do t'ju shërbej unë. Dhe sa mirë do t'ju shërbej... - qeshi duke hequr xhaketën e duke shkuar te banaku ku kishte një mori gotash, lloj - lloj ëmbëlsirash, pije të ndryshme, biskota...

Dori e pa me habi tek lëvizte ashtu dhe nuk po dinte ç'duhej të bënte.

- Ulu pra, ulu aty pranë Polit!...

E ndrojtur ajo lëvizi ngathtësisht dhe u ul në kolltukun tek, pranë dyshit ku ishte ulur... Poli. Fytyra e tij s'po e përmbante habinë.

Plaka u kthye nga ata me një pjatë frutash të thata dhe ua vuri para.

- Aty me Polin të thashë, Fernanda!

Dhe po me atë vendosmëri autoritare të pazakontë për të, i tregoi me dorë ku duhet të ulej.

- Po ç'kuptim ka, zonjë... - ngriti supet Dori e habitur - Ç'bëri aty, ç'bëri këtu?

Tjetra e mori mënjanë dhe me një gjysmë kërcënimi i tha:

- Ai është Poli dhe ti je Fernanda. Kupton? Jeni bërë për njëri - tjetrin, e dashur. Mos u bëj kaq... Si dikur...

Domethënë zonja...

Dori po i lidhte gjithë lëvizjet e sotme me njëlloj zinxhiri të shëmtuar që herë - herë i dukej teli me gjemba ku kishte ngecur. Pastaj edhe ky... Poli që dukej i habitur sa edhe ajo...

U ndie e neveritur.

- Kemi shkuar mirë deri tani, zonjë. Kam shkelur shpesh mbi veten për të mos ua prishur ju. Edhe pa dëshirën time, por vetëm për të realizuar kapriçiot tuaja. Po unë... Unë nuk jam... prostitutë e ju nuk mund të jeni tutorja ime. Sepse nuk kam ardhur për këtë. Nëse gjithë ç'keni bërë, e keni bërë për këtë qëllim, ju siguroj që e kini bërë keq dhe gabim. Më falni, nëse nuk ju kam kuptuar më parë!

Duke dëgjuar Dorin, tjetrës i zmadhoheshin sytë nga habia dhe zemërimi. Po shihte si Dori po hiqte përparësen dhe e kapi nga krahu.

- Mos bëj marrëzira! Ti je unë... Ai... ai... Mezi e kam gjetur që t'i ngjante Polit dhe e kam paguar shtrenjtë. Bëj dashuri me të dhe realizomë ëndërrat që kam kaq vite që i shoh. Nuk është çështje nderi. Si të ta them? Ta spjegoj njëherë tjetër... Dëgjomë!... Dëgjomë! Unë rroj nëpërmjet teje. Kupton? Nëse nuk jam unë, ti je. Por nëse ti nuk je, unë nuk jam. S'jam. Po rroj prej teje....

Shpërtheu në lotë të hidhur dhe Dori e mori në gjoks nga dhembja, ndonëse lëndimi nuk i ishte tretur akoma.

Pas pak panë përtej hapësirës që i ndante me hollin. Burri nuk ishte më aty. Kishte lënë një zarf mbi tavolinë. Me siguri ishte pagesa...

Plaka u shemb e dërrmuar në një nga kolltuqet. Dori nuk po dinte ç'të bënte. Mbase i duhej të ikte, të ikte larg për të mos u kthyer më. Po nuk mund ta linte vetëm në atë gjendje. Ajo nuk dukej mirë. Nuk po dinte si të sillej ato minuta kur secilës i duhej të reflektonte për gjithë ç'kishte ndodhur aq shpejt dhe aq befas dhe për ç'mund të vendoste për ditët në vazhdim. Sepse nëse e pranonte edhe këtë marrëzi të plakës...

- Po shkoj të bëj një dush, zonjë. - tha sikur t'i linte kohë të mendohej.

- Eja këtu, Fernandë, eja...

Me njëlloj frike, Dori ju afrua dhe u ul pranë saj. Tjetra psherëtiu thellë dhe ia mori dorën mes të sajave. Iu duk i frikshëm ai shtrëngim. Pastaj ndieu se kishte një dridhje të lehtë dhe sytë i qenë mbushur.

- Më fal, Fernandë, e bëra për ty! Unë nuk kam më deshira. Ti je e re...

- Më falni, zonjë! Unë nuk ua kam kërkuar një gjë të tillë. Unë nuk mund të bëj symbyllur gjithçka që ju doni. Jam njeri...

- Oh!... - psherëtiu plaka.

Ishte një britmë që i doli nga thellë gjoksit.

- Po ti vetë më ke folur për atë zakonin në vendin tënd, për... shku... shkuesinë apo jo?

- Po, por ndodhte shumë vite më parë, me bisedime e pëlqime paraprake. Në një mënyrë shumë më ndryshe, shumë më elegante. Jo kështu, kështu kurrë... Më vjen keq, zonjë, nuk ndihem mirë...

- Më fal, Fernanda ime, më fal! - ia mori kokën në gjoks dhe i puthi flokët. - Je njeriu më i mirë që kam njohur. U bënë kaq vite bashkë dhe të dua si rrallë njeri në jetën time. Për kujdesin, për durimin ndaj një... plake të marrë si unë...

Dori ngriti kokën, e pa në sy dhe e mori në gjoks.

* * *

Në javët që pasuan plaka u sëmur dhe u ligështua mjaft, aq sa edhe Dori nuk ndihej mirë. Tani qe mësuar me të, me huqet e saj, me të mirat e saj dhe i dhembsej. I mungonin të gjitha dhe kuptoi se kishte nevojë për të gjitha.

Ajo zuri përfundimisht shtratin. Po tretej dita - ditës. Një ditë e thirri Dorin dhe i tha:

- Fillo zgjidh edhe ti Fernandën tënde që tani. Mos e ler për shumë vonë, siç bëra unë... Se ja fundi!...

Më pas, në dokumenta Dori lexoi se plaka ishte quajtur Marie. Po emri i vjehërrës së saj kishte qenë Fernanda dhe shtëpia i takonte Fernandës. Dhe do t'i takonte Fernadës, derisa gjithnjë të kishte një Fernandë...

PLAGA E VJETËR

- Plaga e vjetër... - shqiptoi edhe një herë pa zë duke ecur në trotuarin e lagur.

Sigurisht që kishte një lloj ankthi për të zbuluar misterin e asaj shoqërie. Këtë takim, as vetë nuk e dinte se pse, por e kishte pritur në një ditë të bukur, pavarësisht nëse do qe vjeshtë apo pranverë. Gjithnjë e kishte menduar me shumë ngjyra.

Por ja që ardhi ashtu shpejt e shpejt në këtë ditë kur binte shi i imët, i butë, i pandërprerë. Edhe ajri kishte një lagështi që nuk ndryshonte, por ashtu i jepte një shije të kadifejtë sa herë frymëmerrte. Pastaj nxirrte një avull që shpesh i dukej si copëzat e dialogëve në tregimet figurativë, kufizuar nga një suprinë e çrregullt. Iu duk sikur dikush do t'i lexonte fjalët që nxirrte së bashku me avullin, ndaj qe më mirë të mos mendonte fare. Po a mundej, sidomos tani që priste të takohej me Plagën? Ç'e vriste mendjen kaq shumë! Fundja, ç'të keqe kishte se dikush mund t'i lexonte mendimet? Iu kujtua largët si ishte njohur me të dhe buzëqeshi edhe njëherë duke tundur kokën...

∗ ∗ ∗

Ishte fundi i një stine të nxehtë, kur kthehej nga pushimet me një tufë pikturash frymëzuar nga riviera. Kishte bërë plazh, por pasioni e kishte rrëmbyer çdo çast për të mos lënë peisazh e ngjura pa hedhur ne kanavacë. Kishte shijuar pushimet dhe tani mezi priste të dëgjonte përshtypjet e miqve. Hapi dyer e dritare të ajrosej shtëpia dhe pastaj u ulu në kompjuter. Bënte akoma shumë vapë dhe iu duk se mes gjithë asaj pune mungente ajri. Në fakt ishte madhësia e pikturave që zinte aq shumë vend. Nga njëra anë i dukej mbingarkesë, në anën tjetër nuk kishte të ngopur t'i shihte apo të korregjonte diçka aty - këtu. Deri sa i thoshte vetes "mjaft, mos u bën maniak!".

I kishte fotografuar e punuar nga pak, më pas publikoi disa prej tyre në faqen e tij në Facebook mes shumë miqve artistë. Ata dinin të kapnin thellësinë e mendimit, por edhe cilësinë e mjeshtërisë së pikturimit. Plaga ishte nga të parat që komentoi nga profilet e miqve të përbashkët. Sikur ta dinte këtë, buzëqeshi me një farë vetëkënaqësie.

Ajo i kishte kërkuar miqësi dhe ai nuk e kishte pranuar, ndonëse në komentet e miqve shkëmbeheshin ndonjëherë. I dukej sikur shkëmbeheshin rrugës dhe kthenin kokën fshehur për të parë njëri - tjetrin, sa herë ndodheshin pranë komenteve të shokëve të përbashkët. I zgjonte një gjendje të veçantë emri i saj. Po edhe pamja që ajo kishte vënë për identifikim, një foto aspak të dukshme dhe kjo përgjithësisht e bezdiste. Ishte një femër me burka dhe me syze. Nuk e shquante

142

mirë nese ishte burka apo një shall, po ishte një fytyrë e fshehur, ndaj dhe kishte nguruar të pranonte një miqësi fantazmë. Përse nuk donte të dukej? Ohuuu, sa po e vriste mendjen! Bënte sikur nuk e shihte kërkesën e saj bashkuar me kërkesat e tjera në pritje. Fundja kishte qejf më shumë krijuesit, sesa komentuesit që i dukeshin vetëm si përgjues të gatshëm për të bërë lavde të tepruara. Sepse edhe për një punë që ai e çmonte të dobët, ndodhte të merrte komente me superlëvdata. Plaga nuk ishte e tillë. Përmbahej, gjë që e bënte më objektive, më të besueshme. Ajo e përsëriti kërkesën dhe ai përsëri druante ta pranonte. Për asnjë lloj paragjykimi, po ja, sesi i dukej...

Ajo nuk u tërhoq. Pas ca kohësh i dërgoi një mesazh përshëndetjeje privat dhe ai ia ktheu jo me shumë qejf. Nuk donte të mbetej rob i një miqësie të ngushtë virtuale, që në njëfarë mënyre do ta mbante lidhur edhe kur të mos ia kishte ngenë muhabetit. Shpesh njerëzit në këto faqe shtyjnë kohën me njëri - tjetrin, ndaj nuk e dinte sa do vlente në të vërtetë ajo miqësi.

Publikoi një pikturë të hershme, një peisazh dhe ajo jo vetëm që komentoi, por gjeti edhe vendin ku mund ta kishte bërë.

E intrigoi njohja e saj për qytetin, ndonëse banonte kaq larg, aq më shumë që e njihte kur nuk ishte mbytur akoma nga betoni dhe ndërtimet e reja shumëkatëshe. Ç'rëndësi kishte! Qyteti i tij nuk ishte sekret, ishte kryeqyteti nga i kthejnë sytë të gjithë. Por vëmendja e saj i bëri përshtypje. Iu duk se i kishte qenë pas kurrizit duke e parë çdo veprim të tij ndërsa pikturonte.

Pasi ia pranoi ftesën, ajo e falenderoi për miqësinë.

- Faleminderit, që zgjodhe artin tim dhe mua, si mik! Mirë u lexofshim! - ia ktheu pa ndonjë entusiazëm.

Le ta merrte si të donte këtë komunikim të shkurtër. Fundja aty ishin edhe shumë të tjerë e s'ishte e thënë që ajo ta merrte për keq. Ndihej në një lloj vetëgjyqësie, sa herë përballej me këtë femër. Ajo i dukej edhe e çiltër, edhe e fshehur... Lodhej sa herë niste e gjykonte. Edukata, mirësia dhe niveli i saj, e grishte, aq sa kishte nisur mezi ta priste komunikimin në privat me të, në biseda ku shumicën e kohës flisnin për pikturën. Dhe nuk dinte pak ajo, jo. Dinte ç'fliste dhe për çfarë fliste. Kjo i bënte edhe më elegante diskutimet mbi krijimet e tij dhe të miqve të tjerë artistë.

Derisa një ditë, kur publikoi një pikturë, ajo qeshi në privat:

- Ahaha, po pse më zgjodhe mua për të më pikturuar? Duhej patjetër një njeri i padukshëm?

Ai u befasua nga ky reagim. U rikthye te piktura që publikoi dhe nisi të shihte ç'të përbashkëta mund të kishin ajo dhe Plaga. Por nuk pa të...

Iu duk një lloj ngacmimi që s'dinte çfarë emri t'i vinte. I dukej se qe trembur nga ky kostatim. I ktheu një përgjigje të thatë:

- Ah, nuk është ashtu! Nejse, nejse. Më duhet të largohem, flasim.

Mbylli kompjuterin për të bërë fakt largimin, për të mos gabuar me ndonjë koment për miqtë dhe kaloi në dhomën e ndenjes. Mbushi një gotë mendueshëm, pa ditur ç'të bëjë ndezi televizorin dhe i shpërqendruar mendonte sesi ishte nxituar ashtu për të publikuar atë pikturë. Mbase kishte të drejtë dhe kjo e bënte pak më

144

të përgjegjshëm për krijimet, aq më tepër kur nuk e kishte si qëllim.

... - Pse mendoi se ishte ajo vetë? Vetëm ajo mund të jetë me atë portret? Fundja... mbase padashje shkova drejt asaj ngjashmërie...

E shihte kutinë metalike së largu dhe i dukej se lloj - lloj zërash po e merrnin nëpër gojë dhe qeshnin, talleshin me pikturën e tij. E vështronte me një lloj ndrojtjeje, sikur edhe vetë kutia e përhimtë metalike po e gjykonte. Me një lloj dileme, iu afrua kompjuterit fshehura, thua se e shihte njeri, e hapi dhe e ripa pikturën me syrin e asaj. Nuk iu duk se ngjanin, u ndie më i qetë, megjithatë e hoqi portretin e publikuar. Ishte një vajzë e qeshur dhe e zbuluar në gjithë fytyrën. Ç'rëndësi kishin komentet dhe pëlqimet për të, vendimin për ta hequr tani e kishte marrë dhe e kishte bërë fakt. Ndiente një farë faji të pajustifikuar, një lloj grindi në lidhje me Plagën, por fundja ajo mund të kishte të drejtë. Kush do t'i gjykonte për të ndarë një mendim më të saktë?

... - Gjithësesi, pse duhet të ndihem fajtor? A nuk mund të krijoj ç'të dua? - tha i lehtësuar.

Shpesh vetmia e kohëve të fundit e bënte t'i ndërtonte vetë dialogët me një dikë që i duhej.

Për disa ditë nuk komunikoi në privat. Dukej sikur secili priste tjetrin të shkruante i pari. Por ai vetë e ndiente se ndruhej. Mbase edhe ajo, për hir të atij ngacmimi të tepruar. Në ditët në vazhdim, për të justifikuar atë "portretin e saj", publikoi portrete të tjerë femrash të bërë rishtaz, apo të mbledhur aty këtu nga arkiva, siç thoshte shpesh. Herë - herë edhe jo fort të shqueshme, si për të treguar se kjo qe rryma e tij, se lëvizja tregonte karakterin në veprën e tij.

- Unë jam tek të gjithë portretet. - e ngacmoi përsëri ajo. - Diku sytë, diku hundën, gojën...

Ai qeshi me vete, duke kuptuar se ajo në një farë mënyre po e ngacmonte përsëri.

- Ajajajaj... ç'më bëre të qesh! Unë nuk t'i di tiparet që të thuash se të pikturoj ty. Nuk e di pse më ngacmon, po ky ngacmim po më intrigon. Herë - herë më duket se je ndonjë nga pedagoget e shkollës. Gjithë kjo njohuri për pikturën...

- Nuk e di, nuk e di, mbase edhe m'i ke parë tiparet. Ahaha... Ose ndërton një lloj portreti që ty të pëlqen dhe i përshtat, një lloj "Plage"... Pedagoge? Mendon të jem kaq e vjetër? Ahaha, jo, jo, jam vetëm një adhuruese e krijimeve të tua dhe e disa krijuesve të tjerë. Nejse, nejse, të shoh që u skuqe. Ahahaha... - vazhdonte ngacmimin ajo.

I dukej se skuqej vërtet dhe vinte buzën në gaz.

- Ku më pe ti?

Por shpesh nuk i përgjigjej dot ngacmimeve të saj hokatare. I dukej vetja pak naiv, ashtu sikurse do t'i dukej çdokujt para një fytyre të maskuar që e provokonte. Mbase ajo kishte të drejtë...

- Bëj shaka, shaka. Ika, se kam punë. Kalo mirë dhe me ndonjë krijim të bukur, po jo vetëm vajza!...

Sa lozte Plaga! Por atij i pëlqente ky lloj ngacmimi elegant, i pëlqente çiltërsia e saj, shakatë. Ndihej mirë nga ky komunikim dhe shpesh i mungonte kur nuk ishte. I shihte portretet një e nga një dhe i dukej se ajo kishte të drejtë. Ngjanin aq shumë me njëra - tjetrën ato vajza portretesh, apo ia kishte bërë ajo mendjen bela dhe tani i dukeshin të vërteta gjithë çfarë thoshte?

Një lloj trishtimi e pushtoi. I shkoi mendja t'i hiqte të gjitha dhe të bënte një album vetëm me portrete vajzash që nuk ngjanin me njëra - tjetrën. Sa për peisazhet... s'kishte rëndësi. Mirëpo edhe kjo iu duk e vështirë, iu duk se s'do mbetej asnjë.

Gjithçka kaloi pas ca ditësh, kur ajo e përshëndeti e para. Ai qeshi se gjeti rastin ta vinte në pozitë.

- A nuk më thua prejardhjen e emrit që i ke vënë vetes këtu në profil!

- Më prit pak. - shkroi ajo, si për të fituar ca sekonda të rrëmonte në kokën e fshehur e të gjente një arsye sa më të besueshme. - Bah, sa i drejtëpërdrejtë që je! Nejse, nuk ka ndonjë sekret të madh. Jam e vrarë prej vitesh, djegur në fytyrë e trup. Ndaj rri pothuaj mbuluar gjithë kohës. Ishte emri më i mirë që mund t'i vija vetes. Kaq! S'ka rëndësi për më tej, apo jo?

Përgjigjja e saj ishte autoritare, nuk linte shteg për pyetje të tjera. Por nëse qe e vërtetë, edhe ai s'kishte pse ta vinte në pozitë e ta lëndonte më tej. Ndieu në gjoks një peshë që padashur ia kishte vënë vetë vetes.

... - Kjo grua do ketë me siguri një histori të trishtë. Po më josh kaq shumë me fshehtësinë që mbart. Nuk e di çfarë tabloje mund t'ia përmblidhte historinë...

* * *

Dhe me atë lloj grishjeje ia priti me shumë dëshirë ardhjen në qytetin e tij.

- Sigurisht, nëse do gjesh kohë sa për një kafe. - i kishte shkruar ajo para se të nisej.

- Me kënaqësi! - i qe përgjigjur ai.

Ndiente se kishte rënë pre e një lezetimi në shpirt dhe qe bindur se këtë gjë e dinte tani edhe ajo. Ndihej si i rënë në një grackë të bukur, pritur prej kohësh. Shpesh i dukej lojë, por gjersa ishte e bukur, përse të mos lozte! Gjithë jetën njerëzit luajnë, vetëm lodrat ndryshojnë me kalimin e moshës...

Tani koha realisht kishte ardhur dhe ai po ecte drejt takimit me të. Ishte më shpejt, por ndiente se ashtu duhej. Ai ishte mikpritësi, ndaj aq më tepër duhej të ishte një kavalier i mirë. Do takoheshin aty, në kafenenë më të madhe të qytetit, në më të njohurën, ku lihen përgjithësisht takime të njerëzve që vijnë nga larg.

- Si do të të njoh? - ishte kujtuar ta pyeste.

- Do të të flas unë, të njoh unë. Do jem njësoj si këtu dhe s'do ta kesh të vështirë të më shquash. Mos u tremb kaq, ahaha... - qe përgjigjur ajo.

Sesi i ishte dukur përgjigjia, një siguri e plotë që nuk ia gjente dot origjinën. Por duke iu afruar vendtakimit, kurioziteti nuk e linte pa kërkuar me sy, të paktën një portret që mund t'i ngjante sadopak asaj. I dukej se çadra që priste atë shiun e butë, i qe bërë mbulesë për të lozur e për t'iu "fshehur" Plagës, asaj vetësigurisë së saj. E në çastin që mendoi ta mbyllte, iu duk se...

- Më falni! Mund të më ndihmoni të gjej stacionin e trenit? Erdha nga larg dhe... - dëgjoi një zë bri vetes.

E njihte atë zë, apo vetëm ideja se kë priste e vuri në atë pozitë? Ktheu kokën. U drodh një çast dhe u kthye i tëri nga gruaja që i foli. E mbuluar deri në mjekër me një shall të kuq, një kapuç gri nga xhupi dhe sytë thuajse maskuar nga syze të errëta, ndonëse diell nuk kishte. Përsëri një pamje misterioze që e grishte ta zbulonte që tani.

- Plaga?... - mërmëriti i pasigurtë me një gjysmë zëri, që i doli pavullnetshëm nga thellë gjoksit.

U duk që mollëzat e saj u ngritën. Me siguri po buzëqeshte nën shallin që i kishte mbuluar buzët. Edhe syzet e errëta sa pjesë fytyre mbulonin... Por në ato pjesë faqesh që dukeshin, binte në sy një lëkurë e bardhë që të joshte ta zbuloje.

- Kështu mund të mendoj se ka shumë "Plagë" në këtë qytet dhe s'di pse duhet të jesh ti ajo që pres të takoj. - buzëqeshi ai që të mos i linte ndonjë lloj lëndimi për atë që kishte vendosur si të shfaqej dhe për të mos u dukur njeri i hutuar nga kjo paraqitje.

- Edhe mund të ketë shumë, mos u habit, por unë jam Plaga që pret ti. Askush nuk mund t'i dijë të gjitha plagët e një qyteti. Ato mbulohen, për të mos infektuar pjesën tjetër, për të mos e shëmtuar këtë qytet të bukur. Por fundja, ky shi është kaq i butë dhe ndihmon për të mbuluar edhe plagët e reja...

Kjo nisje e gjatë sikur e vrau dhe ai u ndie pak light, por nuk e bëri veten. I dhanë dorën njëri - tjetrit, një përqafim rasti dhe u drejtuan nga kafeneja ku e kishin lënë të takoheshin.

Ecnin në një hap, thuajse kishin kohë që rrinin bashkë. Në ato metra rrugë, pyetjet qenë të shkurtëra dhe me një lloj ndrojtjeje, si të dy njerëzve që njiheshin, por që po takoheshin realisht për herë të parë.

U ulën në tavolinë përballë njëri - tjetrit. Ai u ndie i pushtuar nga ankthi për të parë plagët e saj. Po i dukej si një kërkesë e brendshme, për të ditur se çfarë pikture mund të realizonte mes plagëve në fytyrë dhe plagëve të shpirtit të një gruaje që mbarte shumë histori.

Hoqi xhupin, kapelën e lëkurtë dhe rregulloi shallin rreth qafës.

Ajo la çantën te karrigia anash dhe theu heshtjen:

- Sa qenke zbardhur!

Ai u habit nga kjo hyrje në bisedë dhe gjithçka që mendoi ashtu shpejt, ishin fotot e profilit që kishte publikuar dhe se tek asnjëra nuk kishte qenë me flokë më të zinj se aq. Pra, pse duhet të habitej ajo?

- Raca, mosha... Të gjithë do zbardhen një ditë. Po fundja... pse më prisje me flokë të zinj?

Nuk po i bëhej të fliste. Plaga dinte ta zotëronte mrekullisht situatën, qoftë edhe me një njeri që realisht e takoi për herë të parë tani. Dhe atij i vinte inat sesi mundej ajo, e ardhur nga aq larg dhe nuk po mundej ai, i familjarizuar me të gjithë atë ambient si me shtëpinë e tij.

- Nuk je dhe aq jo... - vazhdoi ajo si për ta qetësuar dhe uli kapuçin e xhupit, xhupin, pastaj nisi të ulë shallin nën mjekër...

Para tij, po konfigurohej pjesë - pjesë një fytyrë e bukur plot sharm e jetë, që thellë - thellë po ndiente se e donte, s'dinte pse. Ndiente edhe një lloj tronditjeje nga portreti i saj. Më në fund ajo hoqi edhe syzet.

O Zot, vërtet u ngjante pikturave të tij aq shumë!

... - Paska pasur të drejtë! - mendoi në një çast dhe ndieu se po ndërroheshin stinët brenda tij.

- Hë? - pyeti ajo duke e hetuar.

Ai u shtang, u bë statujë. Ndieu një ftohtësi të habitshme dhe djersë, gjë që i ndodhte aq rrallë. Po pse tani?

Pse para kësaj gruaje? I kapi duart, ia mbajti në të tijat. Ishte drithëruar i tëri dhe i dukej se ajo ishte kthyer nga thellë një historie thuajse të lashtë. Po shiheshin sy më sy pa folur. Ajo i la duart e saj në të tijat dhe i shtrënguan. Shiheshin dhe heshtnin. Dhe përsëri duar që shtrëngoheshin. Flisnin...

- U kthye zuska pas njëzetë e gjashtë vjetësh...

Ai i pa sytë plot lëng të shkëlqenin edhe më. E pyeti me sy, me vetullat që iu bashkuan në mes të ballit si dy pikëpyetje të rrëzuara. Çfarë donte të thoshte ajo, pse ai nuk gjente asnjë fill ta lidhte me këto fjalë? Vetëm se po ndiente t'i ngarkohej një faj që nuk e mbante dot. Ndiente që brenda eshtrave të kraharorit nuk kishte më asnjë organ. Dukej si një kafaz bosh i braktisur prej kohësh nga zogjtë. Një derë e hapur që s'kuptohej nëse kishte mbetur ashtu që kur ikën ata, apo ishte hapur enkas për t'i pritur përsëri...

Plaga e Vjetër nuk kishte asnjë plagë në fytyrë. Ishte ajo vajza e bukur e shumë viteve më parë, tani edhe më e fisme, më zonjë. Ai vazhdonte ta shihte në sy, duke kërkuar më shumë shpjegim për fjalët e saj. Nuk mund të fliste më, sepse nuk kishte më frymë. Edhe gjuha, edhe buzët i ishin mpirë. Nuk gjente fill mendimi nga ku mund të niste mbështjelljen e një lëmshi dhe të merrte formë një histori.

Psherëtiu thellë me kokën ulur.

- Po, po, kështu tha yt atë atëherë! Zuska! - sqaroi ajo si për të mos e lënë gjatë të bënte të paditurin.

Por mbase edhe për të penguar gjakun të rridhte nga plaga që sapo ishte hapur përsëri.

- Nuk po të kuptoj! - arriti të thotë ai, duke hetuar.

E shihte Plagën në sy, ndërsa vetullat vazhdonin të mbanin atë formë që morën pak çaste më pare; pikëpy-etje të rrëzuara që kërkonin shpjegim...

* * *

...Dritani dhe Olja ishin dy nxënës në një shkollë të mesme profesionale. Ajo vinte nga shtëpia e fëmi-jës se një qyteti tjetër dhe rrinte në konvikt. Kurse ai ishte djali i një babai që punontë në një zyrë që atëherë quhej "me pozitë". Por ishte djalë i mirë, jo fort i llastu-ar. Kishte qejf pikturën dhe shpesh i thoshnin që kishte shkuar kot në atë shkollë. Në maturë Dritani dhe Olja kishin nisur të rrinin shumë bashkë. Ishin dashuruar, por pa e kuptuar as vetë se ç'ishte dashuria. Kishin rënë në sy. Shumë nga të rinjtë i shihnin me adhurim kur rrinin të dy nën një çadër të kuqe në oborr të shkollës. Mimozat iu zverdhnin mbi kokë. Ata qeshnin lumturisht, kapeshin për duarsh, si për t'i ngrohur në atë fillim pranvere, ndiheshin aq shumë dhe nuk dinin se ç'të kërkonin më nga njëri - tjetri.

Për Oljën thuhej se ishte bija e një nëne shqiptare dhe babai rus. Ai kishte mbetur i ve jo shumë pas mar-tese dhe me prishjen e marrëdhënieve kishte ikur, kur-se vajza e vogël, kishte gjetur përkrahjen e shtetit.

Lidhja e tyre nuk ishte parë me sy të mirë. Mbase secili nga mësuesit kishte dashur të bënte "të mirin" me babain e tij. Përveç një mësueseje historie, që di-kur e kishin dëgjuar të pëshpëriste; "kështu qofshi ngahera!", por edhe kaq thënë me sy larg nga dritarja, sikur nuk e kishte me ta, por me një dashuri të pagje-tur, mbetur larg, vetëm në kujtesën e saj.

... - Ej, çadra e kuqe, filloi mësimi! Në klasë shpejt! - dëgjohej gjithmonë zëri i drejtorit.

Praktikën e fundit të maturës, Olja bashkë me disa nxënës të tjerë ishte caktuar ta bënte larg qytetit dhe nuk ishte paraqitur as në provimet e maturës. Toni, siç e thërrisnin djalin, nuk kuptoi kurrë se ç'kishte ndodhur, ishte vrarë nga ajo ndarje pa ditur më se kë të pyeste. As ajo nuk i dërgoi kurrë një lajm se ku ishte dhe pse. Dinte vetëm që kishte disa kohë e mërzitur, por asnjëherë nuk ia tha sepsenë. Matej t'ia thoshte, por nuk arrinte të fliste, diçka mbante përbrenda. Ajo gjendje e kishte torturuar shumë Tonin, por kurrë nuk arriti ta kuptojë dhe i qe dukur vetja copa e naivit.

Arsyeja kishte qenë e thjeshtë.

- Nuk dua ta lëndoj djalin, është i ri dhe tepër i brishtë, ka shpirt artisti. Ndaj më hiqni sysh atë zuskën! - kishte orientuar prerë babai i tij.

* * *

Kjo ishte e vërteta, të cilën Plaga e Vjetër sapo ia përmendi. Ai u vra brenda vetes dhe heshti si për të mos folur më. Të ishte e vërtetë? Po ajo nga e dinte? Dhe aq saktësisht fjalë për fjalë ç'paskej thënë babai! Leqë kushedi sa fjalë ishin që të mos mbaheshin mend.

Tonit i duhej ta besonte një histori të tillë, pa pasur asnjë mundësi tjetër. I ati nuk rronte më dhe nuk kishte si ta pyeste. Ai ndihej tani vërtet i vrarë, por jo për faj të tij. Një gjë të tillë Olja duhej ta kuptonte.

- Ne na sillnin në shkolla profesionale, të na jepnin një zanat dhe hë... në punë! - tha dhe i shtrëngoi dorën - Nuk është faji yt, jo, mos u ndie ligsht! Edhe unë e di se ç'kohë ishte atëherë. Jeta më mësoi të mbaj shumë dhembje e barrë në kurriz e të jem plot me plagë që fëmijë, por edhe më pas. Mbase më mirë që ndodhi ashtu. Sepse arrita të bëhem më e fortë e t'u bëj ballë vetë shumë halleve...

Toni heshte. Nuk kishte si ta kthente historinë mbrapsh dhe gjithësesi ndihej fajtor pa faj.

- Më thuaj tani, - i tha Olja, si për ta larguar nga ato kujtime, që sigurisht edhe për Tonin qenë të hidhura - ti si ia ke kaluar? Je martuar? Sa fëmije ke?

Ai sikur u tremb nga ajo pyetje, u përmend si të ishte ndonjë pyetje që kërkonte përgjigje të menjëhershme. Lëvizi pavullnetshmërisht në tavolinë dhe sikur kujtoi edhe njëherë se çfarë pyetje bëri gruaja. Ose ndoshta donte të fitonte pak kohë për përgjigjen.

I tërhoqi duart nga të sajat. Ajo buzëqeshi pak me pozitën ku e vuri dhe ndieu nga duart që iu larguan, se pergjigja mund të mos ishte edhe aq e sinqertë.

- Jo!... Në fakt, po! Por jam divorcuar...

Nuk dëshironte të jepte detaje të tjera. Ohu, histori e gjatë dhe tani ndihej i pafuqishëm të riniste një tregim që e kishte menduar e treguar aq herë. Fundja për çfarë do t'i vlente Oljës? Shpejt kishte ndodhur. Babai ishte sëmurur nga një sëmundje pa shërim, kur ai sa mbaroi shkollën e lartë. Nëna iu lut të gjente një vajzë e të fejohej që edhe babai "ta shihte të rregulluar".

Eh... "të gjente...". Ia kishin gjetur Edën dhe ishin fejuar ashtu shpejt e shpejt, pa ditur tamam se ç'po bënin. Ajo lidhje dukej e sforcuar që në fillim. Mbase po shërbente vetëm për një buzeqeshje të vetme të babait, për ca ditë më shumë jetë.

Pas vdekjes së babait, nuk mblidheshin më me njëri - tjetrin. Dukej një lidhje interesash afatshkurtëra; ajo për një emërim të mirë dhe ai për sy të botës. Derisa një ditë e pa në një makinë ndaluar në semafor. Djali në timon i shpupuriste flokët dhe afronte fytyrën tek e saja. Sigurisht që u mërzit shumë, po aty nuk e bëri veten. Eda mori ato pak plaçka që atë pasdite dhe iku. Ishin ndarë paqësisht, asgjë s'qe për mbarë në atë li- dhje. Fundja... të dy palët ia kishin arritur qëllimit.

Nëna çorri faqet, sa mësoi të vërtetën. Ai qeshi dhe e mori me të mirë, duke i thënë se ashtu duhej.

Pastaj nuk pa më për ndonjë lidhje tjetër. Nëna këmbëngulte që të mos i ikte mosha, se pastaj do të qe më e vështirë. Tani ndihej ca si qetë nga ajo këm- bëngulja e saj, që kur e kishte marrë vëllai në Amerikë dhe nuk e ndiente çekan në kokë. Po edhe i dukej vetja rehat kështu pa ndonjë angazhim detyrues.

U përmend nga këto që duhej të thoshte, ngriti ko- kën dhe pa Oljën që priste. Ajo ia kuptoi përhumbjen dhe buzëqeshi për t'i thënë se nuk mërzitej për atë vonesë të vogël.

- Pata disa vite të lumtur martese, por nga që s'patëm fëmijë, mbetëm si të huaj me njëri - tjetrin, nuk arritëm të lidhemi siç duhej. Çdo gjë u bë mono- tone derisa.... - i ra shkurt e shkurt asaj që rikujtoi me aq detaje ca sekonda më parë.

Olja e pa me pak dyshim për të treguarën ashtu larg e larg, por fundja s'kishte pse të rrëmonte më. Buzë- qeshi pak si për të treguar se e kishte kuptuar mirë atë gjendje.

- Më vjen keq... Ah dhe nuk patët fëmijë! - pëshpëriti Olja duke ulur sytë - Nuk dhanë shpresë mjekët?

Toni heshti duke përtypur edhe njëherë pyetjen e saj e duke tundur kokën në shenjë mohuese.

- E kisha unë... pamundësinë. - tha pa u menduar gjatë e si për ta kaluar shpejt kurthin ku ngeci biseda.

Ajo u hodh e habitur me një lloj padurimi për të thënë diçka. Pastaj stepi dhe uli sytë.

- Më vjen keq. Ah!... - sikur e mbylli gjithë ç'kërkonte të thoshte.

Ndërkohë në tavolinën e tyre u afrua një vajzë. Ishte e dobët, e imët, e brishtë, e veshur shumë mirë, por mesa dukej nuk dinte, ose nuk donte të mbahej.

- Më jep një cigare! - iu drejtua Oljës.

Plaga rrëmoi në çantë për paketën. Toni e kishte më kollaj të tijën dhe i zgjati vajzës një cigare. Ajo kundër-shtoi me kokë dhe priti ta merrte nga gruaja. Sç dukej i njihte mirë cigaret e huaja... Dhe këta njerëzit që vijnë nga jashtë, sikur e kanë të shkruar në ballë. E mori dhe u largua e heshtur disa tavolina më tutje. Tonit i kishte mbetur paketa në dorë dhe ia zgjati Oljës.

- Faleminderit, nuk para e pi! - iu përgjigj ajo.

- Po ti... - pa ai nga paketa e saj.

Ajo buzeqeshi duke ngritur supet dhe psherëtirë njëkohësisht. Tonit po i dukej se ky takim duhej të mbyllej këtu. Të përgatiteshin me kujdes dhe të tako-heshin njëherë tjetër. Nuk kishte më ndonjë gjë për të thënë tani. Situatat nuk qenë ato që ai kishte menduar. I dukej se ishte plotësuar një vend bosh brenda vetes, por po ndodhej në një situatë të re; kishte për të thënë aq shumë gjëra dhe s'dinte nga t'ia niste. Ishte një situa-të pa ngjyra të përcaktuara, mbase transparente, por që gradualisht po mbushej papërcaktueshmërisht. Po mbusheshin disa hapësira që kishin vite bosh. I tërhoqi vëmendjen vajza në tavolinën pak larg të tyres që u ngrit përsëri dhe u erdhi aty.

- Më jep 5000 lek! - iu drejtua Oljës.

Olja u prish në fytyrë. E pa vëngër. Pastaj pa nga Toni dhe nuk donte që ai ta shihte atë shprehje.

- Ik tani, nuk mundem. E shikon që jam e shoqëruar? Nuk duhet të vije këtu. Më dhe fjalën...

- Më duhen. - këmbënguli vajza me një lloj lutjeje e hakërrimi njëherësh.

Toni nisi të shihte njëherë njërën dhe njëherë tjetrën, pa kuptuar gjë. I zënë ngushtë dhe duke parë qëndrimin e Oljës, ai nxitoi e nxori nga xhepi një 2000 leksh, si për të hequr qafe atë lypsare të bukur dhe të rrinte me Oljën i patrazuar.

- Nuk e dua nga ty. - i tha vajza e vrenjtur në fytyrë dhe u drejtua nga Olja. - Po të lutem sërish... Më duhet!

Olja nxori një monedhë 5000 lekëshe. Vajza e mori dhe u largua pa asnjë përshëndetje. As falenderim. Toni mbeti i habitur nga kjo skenë. E pa Oljën në sy si për t'i kërkuar një shpjegim sado të vogël.

- Ikim, Ton!... - sikur komandoi ajo.

Ai hapi sytë i habitur dhe pa të sajët të ndrinin nga lotë të fshehur.

- Kaq shpejt? Më thuaj diçka, ne s'kemi folur fare...

- Ikim diku tjetër... - mori çantën ajo dhe u ngrit.

Ai e ndoqi pas me një lloj pavendosmërie. Po si mund të iknin ashtu? Një lypsare të prishte një takim të tillë? Në qytet ka shumë lypsarë, por asnjëherë nuk bëhen shkak të prishet një tavlinë. Kishte në vetvete një bindje, se vajza i ishte qepur edhe herë të tjera Oljës dhe nuk e linte rehat duke shfrytëzuar zemërgjerësinë e saj për ta rrjepur. Ktheu kokën ta shihte, por ajo ishte bërë erë. Po ndihej shumë i vrarë, fare i pafuqishëm për të ndryshuar diçka në gjendjen që u krijua.

* * *

Tonit nuk i dukej më se qe vetëm në shtëpi. I dukej se atje në dhomën e ndenjes, që ai e quante studio që prej shumë kohësh, brenda asaj kutie metalike që quhej kompjuter, ishte Olja. E ndienta se jeta e tij kishte ndryshuar, kishte marrë një përmasë të re, kishte marrë ngjyrë. Po akoma jo një formë të përcaktuar, që ai të dinte ta trajtonte si duhej. Kishte një motiv ndryshe që kur zgjohej në mëngjes. I dukej se gjithë ditën fliste me Oljën, i tregonte të vërteta që vetëm ai i dinte. I tregonte dhembje që vetëm ai i kishte provuar. Dhe ndiente sytë e saj ta ledhatonin, t'i jepnin kurajë. Ndihej më mirë, ndihej i mbështetur. Pastaj bënte shaka dhe çuditërisht asnjëherë nuk ndiente heshtje, e ndiente aq pranë Oljën e tij, dëgjonte çfarë i thoshte ajo. Qeshnin të dy. Pastaj befas ajo i thoshte "Ika, ika... më duhet të iki". Dhe i bëhej se një hije shfaqej dhe trembte atë bashkëbisedim. I dukej si ajo vajza që trembi takimin e tyre. Ah!...

E nëse deri pak kohë më parë, sapo zgjohej i dërgonte një mesazh me urimin për një ditë të mbarë, tani i buzëqeshte së largu kompjuterit dhe me kokën përkulur, duke qeshur i thoshte:

- Mirëmëngjes! Ditë e mbarë për ty, Olja!

Po kështu edhe kur vinte në shtëpi në mesditë, edhe

në mbrëmje para se të flinte. E ndiente se ajo kishte ri-hyrë përsëri bukur në jetën e tij. E ndiente se po jeton-te përsëri me imazhin e saj, e ndiente se jeta i kishte ndryshuar për mirë. Ajo ishte bërë motiv i ditëve të tij.

I mbeti merak që nuk mësoi asgjë nga jeta e saj. Këtë nuk e bënte dot tani në internet, i dukej e shëmtuar. I duhej të priste s'dihej sa, gjer kur ajo të vinte përsëri, ose t'i shkonte vetë. I dukej aq gjatë, aq më tepër që Olja po hynte gjithnjë e më rrallë në Facebook, por sa herë hynte, komunikonin. Njëherë nuk e kuptonte këtë largim të saj. Pastaj i jepte të drejtë; i dukej se ajo kishte dalë nga kompjuteri dhe kishte hyrë në ditët e tij reale, më reale se shumë të tjerë, me gjithë pjesën e kaluar. Nganjëherë, kur komunikimi i tyre qe më i rrallë, i dukej njëlloj ngurimi nga ana e saj, apo më e keqja, njëlloj pendese për takimin e parë që kishte ri-hapur një plagë të viteve të shkuar. Ndryshe nuk kishte si shpjegohej. Ose... mbase tani e kërkonte më shumë, mezi e priste dhe i dukej kohë e gjatë "takimi" me të.

... - Kam qenë e ngarkuar në punë. - i justifikohej, ndonëse ai e shihte se ajo kishte humbur gjallërinë, humorin, ngacmimet.

Por edhe kur kënaqej në komunikim me Oljën, pas bisedës i dukej se kishte ca gjëra që mundohej t'i bënte e sforcuar. Megjithatë... Ndihej se të dy kishin njëlloj keqardhje që nuk mund të rrinin më shumë dhe më afër me njëri - tjetrin. Pale që nuk mund të kthenin dot kohën pas. Ëndërrat ishin shuar njëherë e mirë. Sikur kërkonin një ringjallje të mundshme. Një shpresë e vagullt për rehabilitimin e tyre rrinte fshehur te secili, pa guxuar të ngrinte kokë.

Olja i dha lajmin e mirë se do vinte përsëri dhe do takoheshin. Mezi e kishte pritur atë lajm. Ishte ngazëllyer dhe këtë herë i dukej sikur do fillonin të bisedonin nga fillimi. Aq më tepër që stinët ishin ndërruar dhe dukej se një jetë e re kishte nisur të merrte udhë.

- Do rrimë pak me gjatë kësaj rradhe, premtoma! - i kërkoi me padurim.

Ajo heshti pak më shumë se ç'duhej, pastaj ndryshoi temën e bisedës.

- Kam nevojë të rrimë pak më shumë, Olja. Nuk e di, por më duket se më janë mbledhur shumë gëra për të thënë. Mbase ti... - këmbënguli ai.

- Të shoh, Ton. Kam ca punë që po vij dhe më duhet të mbaroj shpejt. Gjithësesi, je miku im më i mirë, më i afërt dhe do takohemi se s'bën. - i kishte premtuar ajo dhe ai ishte ndierë mirë, i kurajuar.

...Toni u nis për aeroport. Gjithë rrugës foli me Oljën... Pastaj e kuptoi që e teproi me të folurën me vete, qeshi, tundi kokën dhe u përqendrua në rrugë.

U përqafuan. U duk se në përqafimin e tyre morën udhë dy psherëtima. Tek ecnin e ndiente që ajo e shikonte, i buzëqeshte ëmbël duke kthyer herë - herë kokën e duke i parë sytë. Ia kishte marrë njërën dorë në të sajat dhe ia shtrëngonte. Po për të folur nuk flisnin. Mbase se ai duhej të kishte mendjen në rrugë, kurse ajo... nuk dinte nga t'ia niste pa e pyetur ai.

... - Zot, sa të kam pritur, Olja! Nuk më besohet që të kam pranë. Të flas përditë, përnatë... Kam kaq shumë për të thënë, për të ndenjur bashkë. Po ti? - dhe menjëherë rrudhte vetullat kur ajo nuk i përgjigjej.

Por kur ia ndiente duart mes të tijave, çlirohej

160

sërish, vetullat i hapeshin dhe fytyra i qeshte qetësisht.

... - Sa mirë më dukesh, Ton! Të qesh fytyra. A thua të jem unë shkaku? Por gjithësesi kam ardhur vetëm të të them atë që duhet të të them. Pastaj...

Mbërritën në qytet dhe pinë atë kafen që i bënte të ndiheshin aq afër. Secilit i dukej se fliste dhe merrte përgjigje. Olja u rregullua në një hotel.

- Çlodhu! Do vij të të marr në mbrëmje, darkojmë së bashku... - i tha duke e parë në sy me një buzëqeshje adhuruese, pastaj mori rrugën e shtëpisë.

... - Edhe mund ta ftoja të rrinte tek unë. Ah, si s'mu dha! Ajo më njeh dhe s'kishte pse të paragjykonte. Nejse, iku tani... - mendonte me njëlloj qetësie në shpirt.

Olja ishte kaq afër tij. Ajo i telefonoi jo shumë pasi u ndanë dhe ai u çudit. Këmbënguli të takoheshin jo shumë vonë atë pasdite.

- Nuk kam shumë kohë, Ton. Të lutem! - ia dëgjonte me oshëtimë fjalët.

Kuptoi se donte të rrëfente historinë e saj. E megjithatë nuk i pëlqeu ai nxitim, i ndolli parandjenjën se ajo donte të ikte sa më parë...

* * *

... - Pasi ika nga Tirana, dhashë provimet në qytetin industrial dhe u martova me një minator. Njeri shumë i mirë, nuk do ta harroj për gjithë jetën. Më bëri të ndihem e fortë, ta jetoj jetën siç duhej. Më bëri të lumtur për aq sa... Por jeta ime ashtu siç nisi, ashtu vazhdoi e do mbyllet. Dielli duket që në mëngjes. Jeta ime u gdhi një gri e përhershme. Gri e thellë, e errët, e hidhur...

- Edhe? Mos thuaj kështu, të lutem! Të gjithë kanë

boshllëqet e veta, synime dhe endërra të parealizuara.

Ajo uli sytë për një çast sikur mezi po vendoste për të dhënë një lajm të hidhur.

- Lindëm... - u përtyp gjatë pastaj tha - një vajzë, por ai u aksidentua dhe vdiq. Pastaj jeta në atë qytet ishte aq e vështirë. Zanati ynë... ti e di! - psherëtiu Olja.

Ajo u përlot. Po ky ishte një lajm i hershëm dhe dukej se ajo e kishte përjetuar pafundësisht keq, derisa ndodhej edhe tani pas kaq vitesh e katandisur kështu. Iu duk vetja shkaktar i gjendjes së krijuar, ndonëse për hir të bisedës, kjo duhej, detyrimisht duhej.

I kapi duart në mënyrë që ta linte të heshte. Mbase nuk përballonte dot më tregimin e jetës së saj.

- Ndiej se duhet të t'i them këto... Nuk di pse më pelqen të rrëfehem diku dhe kjo diku je ti. Je kishëza ime e parë, Toni...

Ai i buzëqeshi në shenjë mirënjohjeje. Pastaj, si për ta larguar nga ai trishtim i kohëve njëzetë e ca vite më parë, e pyeti për gjyshen.

- Nuk të pyeta Olja, po nëna si është, rron?

Ajo buzëqeshi dhembshëm dhe tundi kokën mohueshëm. Buzëqeshi prapë, si për t'i treguar atij që e kuptoi pse e ndërroi bisedën.

- Mbaj mend që erdhi njëherë në konvikt, - vazhdoi Toni me një lloj kënaqësie për të treguar diçka të bukur, - dhe u gëzove aq sa dhe kur flisje, ngrije zërin të të dëgjonin, të të shihnin që kishe njerëz të afërt. Këto m'i ke thënë ti e më kanë mbetur në mend. Vetëm mua m'i ke thënë me siguri...

Ajo qeshi si për të aprovuar. Por në fakt po heshte shumë. Ai donte ta fuste në kujtimet e bukura të asaj kohe dhe po bënte çmos t'i përjetonin sërish bashkë.

- Më kujtohet që nëna të solli një fustan të kuq me jakë të zbukuruar me tantellë të bardhë. Ti fluturoje...

- Po, ma solli pas vitit të ri për mbrëmjen e maturës, se nuk vinte dot deri në qershor. Po unë e vesha, nuk durova, e vesha atë pasdite që shkuam në kinema. Dhe bëra mirë, se ti nuk do ma shihje më kurrë të veshur...

Ai uli kokën. Sa e dhembshme jeta e saj, në çdo shteg me dhembje. Sado të mundohej, nuk do gjente pjesë të asaj jete ta lumturonte me kujtime. Ishte si një pemë e mbushur me gjethe të verdha që në mbirje. Një pemë vetëm në vjeshtë të pambarimtë...

- Ikim? - pyeti ajo dhe lëvizi të ngrihej, ta bënte fakt.

Ai e kapi nga dora për ta mbajtur. Sytë e zmadhuar shprehnin një pakënaqësi të dukshme, një lloj habie të përzier me frikë për një gjë që nuk duhet të ndodhte kështu, kaq shpejt, kaq thatë.

- Kaq shpejt? Prit! Ç'do bësh që tani në hotel? Rrimë edhe pak, hamë darkë diku, flasim, pastaj... I mbaruam ç'kishim për të thënë ne? Unë flas me ty gjithë ditën. Kam kaq fjalë, sa s'më mbarojnë. Edhe sikur...

- Me vjen mirë që të shoh kaq vital, me kaq jetë. Si një adoleshent i mbetur vetëm në kujtime të bukura, duke pritur trenin t'i sjellë dhuratat e premtuara...

Olja buzëqeshi mirënjohëse, por tani ishte ngritur.

- Duhet të shpërndaj ca porosi. Kemi edhe detyrime.

Ajo nuk e pa në sy dhe ai e ndieu se kjo ishte një arsye për të ikur sa më parë. Vërtet s'kishte se ç'të tho-shte më? Dhe si për ta zënë në atë lloj faji që ajo vetë i vinte emrin"gënjeshtër", këmbënguli:

- I shpërndajmë bashkë, me makinën time. Mbarojmë shpejt dhe pastaj... Pse duhet të lodhesh kaq shumë?

- Por duhet edhe të takoj njerëz, Toni. - e kapi për dore ajo si për t'i thënë "Stop! S'kemi ç'themi më".

Eh, mbase... Mbase kishte të drejtë.

Po kthehej në shtëpi me trishtimin si u mbyll ajo pasdite. I kumbonin ende hapat e saj. I dukeshin si fletë libri që palosen e palosen duke lënë shumë gjëra jashtë tyre. Shumë gjëra që nuk thuhen dot. I dukej se takimet me Oljën gjithnjë do kishin mbyllje të shpejtë, të trishtë.

Futi duart në xhepa dhe nxori një cigare, por çakmakun nuk po e gjente. Ndaloi dhe buzëqeshi teksa iu kujtua që me të po lozte Olja në tavolinë. I kishte mbetur asaj në duar. Le ta mbante si kujtim. Rrotullonte cigaren nëpër gishta dhe ecte përtueshëm për në shtëpi. Kërkoi ta ndizte te dikush. Iu duk se "dikushi" i pa duart t'i dridheshin dhe kushedi ç'mendoi. Me keto bluarje e zuri gjumi në kolltuk, me një gotë konjaku pranë tavllës me tre - katër bishta cigaresh të shtypur në të. Me kokë të mjegullt, me ëndrra të ngatërruara...

Në mëngjes u ngrit gjysmë i turbullt dhe pak vonë. E ndiente kokën të rëndë. Megjithatë nuk kishte ndonjë ngutje. Edhe me Oljën do takohej pasi të mbaronte punë ajo. U vesh me përtesë dhe u ul të lexonte emailet.

Çfarë?... Olja!...

"Mua më duhet të iki. Ndihem mirë që ndenjëm. Faleminderit për pritjen, je miku im më i mirë. Mbase do mërzitesh pak, por s'ka gjë, do shihemi. Nuk dua të të zgjoj. Po marr një taxi te hotelit dhe po iki në aeroport. Nuk dua ta humbas rastin se bileta ishte e paplanifikuar, doli rastësisht. Çfarëdo që të ndodhë, dua që sa herë të vij këtu, të më presësh. Të përqafoj, Olja!".

Toni pa orën. Akoma nuk kishte shkuar 9 ⁰⁰. Emaili kishte njëzetë e pesë minuta që kishte mbërritur. Dhe ajo kishte mbaruar punë aq shpejt?

"Çështje dokumentash", dhe ai e besoi sigurisht. Ç'do të thoshte kjo? Avioni mos ishte bërë urban për t'u nisur kur t'i donte qejfi Oljës? Pra... Nuk kishte asnjë justifikim që ta lehtësonte.

Iu krijua një boshllëk. Një shije e hidhur tek përtypte fjalët e saj dhe i lexonte për... të kushedi sajtën herë. Jo, jo, me siguri do qe ndonjë nga shakatë e saj. Shakatë e dikurshme, kur ishte ende "Plaga e vjetër". Nxitoi t'i telefononte. I mbyllur... Por gjithësesi vazhdoi të vishej me shpejtësi, a thua s'e kishte kohë dhe vend për ta gjetur. Teksa zbriti shkallët, e kuptoi se në hapësirën që kishte para, ishte e pamundur ta gjente Oljën. U ul trishtueshëm në një kafene dhe rrufiti pa deshirë, me gllenka të mëdha padurimi, atë kafen e mëngjesit vaktin e së cilës shpeshherë mezi e priste që në darkë.

Ah... Kishte mbetur vetëm si njëra pjesëz, nga ai takim i shkurtër i mbrëmjes që shkoi. Pjesëza tjetër tani ishte në ajër dhe po shkonte drejt folezës së saj. Po vërtet? Si e kishte folezën Olja? Atij i dukej e ftohtë. Po me siguri ajo dinte ta mbushte me jetë. Pastaj vajza...

... - Si nuk e pyeta as për emrin e vajzës! Me kë e lë kur udhëton për këtej? Po sa vjeçe i bie të jetë tani? E madhe me siguri. A i ngjan Oljës?

U kujtua për një pyetje tjetër dhe shpirti i dhembi. Mos vallë Olja ishte lidhur me dikë atje ku jeton? Dhe sigurisht, gjithë bisedat ishin detyrime shoqërore, për të treguar një jetë të nisur së bashku dhe të lënë në udhëkryqin ku secili kishte marrë drejtim tjetër nga shoku? Dhe ajo përkëdhelje e duarve ishte zakoni i atëherëshëm, për t'u ndierë shpirtërisht bashkë e për të thënë të vërtetën? Asgjë me shumë? Dukej se ajo nuk kishte ardhur për kaq. Sepse kishte një ngërç brenda vetes, një ngërç që nuk e linte të rrinin më shumë bashkë. Mos vallë kjo ishte arsyeja?

Toni po arsyetonte më kthjellët dhe po e kuptonte që edhe ai vetë nuk dinte se çfarë mund të kërkonte më shumë prej saj. Erë kishte ardhur, erë kishte ikur edhe kësaj here. Dhe ndoshta kishte bërë mirë që nuk i dha atij një shkas të vazhdonte ëndrrën e lënë në mes.

Tani nuk i besohej më se ishte çështje dokumentash. Po as njëzetë e katër orë? Diçka e brente se edhe një natë më parë, ajo nuk shkoi në hotel pas "ndarjes së porosive". Nisi t'i dhembte çdo gjë që mendonte dhe paragjykonte. Kishte padurim në mijëra pyetje që donte t'i bënte. Por tani, tani, menjëherë! E ndieu se kishte rënë në një kurth të bukur, por edhe me mjaft rrezik.

* * *

Kaluan kohë dhe Olja nuk dukej më, i kishin humbur lidhjet tërësisht. As në kompjuter nuk dukej, ndërsa telefoni i dilte i mbyllur. Tonit thoshte me vete se duhej ta harronte. Se ajo qe shfaqur vetëm për t'u tallur, për ta lënduar kësaj here, për të marrë hakun e njëzetë e gjashtë viteve më parë. Ndërsa kthehej në shtëpi mbremjeve vonë, me shpirt të vrarë, nuk donte të besonte asgjë dhe rronte me imazhin e saj, duke menduar se e kishte humbur për herë të dytë. Por kësaj rradhe dënonte veten që nuk kishte ditur ta

166

mbante, ta joshte, të rrinin më pranë dhe të mos e linte shpirtin t'i lëngonte kështu. E kishte shtuar shumë cigaren dhe ndihej i lodhur. Jepte përshëndetje pa fund në kompjuter dhe i dukej se fliste me vete. I ishte bërë si gjimnastikë kjo mënyrë komunikimi i njëpalshëm.

I qe bërë zakon të kthehej aq vonë. Nuk e kishte besuar se do ta vriste kaq shumë ajo vetmi e ardhur aq befas. Kishte harruar të fliste... Tani po harronte edhe të mendonte. Në xhepat që i ndiente të lagur, iu duk se gjeti një cigare. U gëzua sikur ç'të kishte gjetur. Por shkrepse e dinte që nuk kishte. Çakmakun blu e kishte Olja... Të gjitha këto pamje, këto ndodhi, i dukej se i kishte përjetuar edhe një herë tjetër. Ja, aty pak më tutje tufa e fshesaxhinjve të natës rreth një zjarri. Ja, edhe ai arixhiu mustaqelli që do t'i ndizte cigaren. Vuri buzën në gaz me njëlloj dhembjeje dhe këmbët e shpunë drejt tyre... Burri u ngrit dhe i zgjati që së largu një urë të ndezur. Mërmëriste nën zë një këngë. Uli kokën në shenjë falenderimi e përshendetjeje dhe ktheu kurrizin të ikte. Nuk e kuptonte nëse fjalët që thoshte burri pas shpinës së tij, ishin për të apo...

Hapi derën dhe u plas në kolltuk nën dritën e abazhurit. Dëgjoi sërish fjalët e arixhiut:

... - Çdo natë do të ta ndez atë cigaren e vetme që nxjerr nga xhepi, po s'është mirë për ty, o bir. Mba zjarrin tënd ndezur. Je i ri!...

Kapi një jastëk dhe e vuri nën kokë.

... - Isha - i qe përgjigjur - por s'jam më. Po kthehem në një rraqe që s'do t'i hyjë në punë askujt. Nesër do shkoj të blej një bastun. Po, po, një bastun nga ata të mirët e reklamës, nga ata që palosen. I ke parë në tv?

Nuk janë shtrenjtë, 4999 lekë gjithësej... Natën e mirë!

Mori një kuvertë të mbulohej, pastaj e shtyu me neveri. I mbuluar u ndie si mumje, sikur nuk do zgjohej më. Iu duk se dëgjoi trokitje të lehta mbi derë, trokitje të fshehura, si me maja thonjsh të sapobërë, me ndrojtjen mos prisheshin. Atë trokitje që i kishte ëmbëlsuar ëndërrat aq kohë sa ishte. Mbajti vesh me ankth... Por ishte i bindur që edhe kjo qe një ëndërr në pritje.

E ndiente shumë mungesën e Oljës. Sa më shumë mungonte, aq më tepër kishte ankth. Nuk kishte dashur të binte në gjendje të tillë. E dinte që i kishte shumë vështirë t'i kalonte, sidomos me një plagë të shkuar. I dukej se po humbte përditë nga pak shpirt e bashkë me shpirtin, humbte edhe një pjesë e trupit. Po kalçifikohej i gjithi dhe ky mendim e trembi. Më e keqja ishte kur i ndiente edhe mendimet të kalçifikuara. Gjë që do të thoshte se çdo lëvizje e tyre dhembte, bënte një "oh..." të thellë, deri në honet më të errëta të shpirtit.

Pra, nuk kishte më ëndërra. Hynte në shtëpi dhe nxirrte pikturat, i shihte një nga një, fliste me to. Vërtet kudo paskish pikturuar Oljën e tij. Dhe i dukej se çmallej, por nuk i pëlqente aspak që ajo qe zhdukur sërish ashtu, pa asnjë shpjegim. Edhe tani ai e kishte fajin? Si nëpër ëndërr ndiente që jashtë binte shi, një shi që dukej se donte të trembte gjithë ç'priste Toni. Nuk po kuptonte nëse ishte në ëndërr apo binte vërtet zilja e telefonit. Apo ishte alarmi që kishte vënë për zgjim? Fillimisht u çudit. Ishte shumë herët për të dëgjuar një zë femre:

- Mirëmëngjes! U habite nga numri? Nuk është imi. Po telefonoj nga spitali...

E njohu.

- Oljaaa!

Iu duk ëndërr vërtet, derisa ato fjalë... Fillimisht nuk e kuptoi ç'po thodhte, mbase ngaqë nuk e priste. Pastaj nuk e besoi, sepse shpesh ajo edhe e kishte ngacmuar, edhe kishte luajtur me të. Por kësaj rradhe zëri iu duk i lodhur, serioz.

- Olja? Më thuaj ç'ke? - nxitoi ta pyeste i trembur.

I kaluan në mendje shumë arsye për të qenë në spital. Mbase një aksident... Mbase...

- Eh... histori pak e gjatë. Nuk të flas dot shumë. Mund të vish?

- Si?

Ishte gati të thoshte se i kishin rënë numrit gabim, po ajo nuk kundërshtoi të qe Olja kur e thirri në emër. Pyetja e gjeti të papërgatitur. Të shkonte? Ku? Në një vend të largët ku kishte emigruar ajo? Kishte vërtet kaq rëndësi vajtja dhe ndihma e tij?

- Më spjego më mirë, të lutem. Vërtet? Vërtet ke nevojë për mua?

Ajo nuk po përgjigjej dhe Toni nuk kuptonte nëse ishte ngashërim apo pendesë për çfarë kishte thënë. Fillimisht ndieu rëndësinë që kishte tek ajo, pastaj një mori pyetjesh i dolën përpara. Kaloi dorën mbi flokë si për t'i larguar dhe iu përgjigj:

- Po, Olja, do vij!

Shkroi adresat që i dha ajo. Sigurisht që ditën nuk e kishte të qetë. Sapo mbylli telefonin, ndieu se kishte nevojë të fliste përsëri me të, më gjatë, për të hequr atë ankth, atë merak që iu krijua pas asaj bisede. Sepse atëherë qe zgjuar. Por fundja ajo ishte rishfaqur dhe ai kishte besim se gjithçka do kalonte mrekullisht dhe do ishin përsëri pranë, si dikur. Një nyjë e errët i mblidhej në gjoks dhe sikur e shtrëngonte për t'i marrë frymën. Olja nuk ishte njeri që llastohej kot...

* * *

Një udhëtim misterioz në çdo minutë e në çdo metër të tij. I mbushur me kaq pyetje, me kaq të papritura. Ndoshta edhe një suprizë e Oljës. Eh... kjo do ishte mrekullia e tetë për Tonin. Teksa e shihte si suprizë, përfytyronte një tryezë të mbushur me pjata e gatime elegante. Shishja e verës me dy gota të zbukuruara, një tufë lule në mes dhe dy qirinj vezullues... Sa larg i dukej!

...Të ulur në një nga stolat e spitalit, mbanin duart e njëri - tjetrit shtrënguar. Olja ishte e zbehtë, dukej e përlotur. Buzëqeshja e mbetur kushedi që kur, i dukej si e ngjitur mbi fytyrë. Një falenderim, një adhurim dukej se përfshinte qenien e saj. Nuk ia ndante sytë Tonit, ndërsa vetë ai nuk guxonte të pyeste më gjatë. Le të qetësohej dhe pastaj të fliste më shtruar. Le t'i thaheshin një herë lotët, pastaj të niste nga fillimi.

Dukej që Olja po çelej. Duke i parë sytë, i pëshpëriti:

- Të falenderoj që erdhe!... Nuk kisha dyshim se do vije, por edhe nuk doja të të bëhesha barrë...

Ai buzëqeshi modestisht, si për të thënë se s'kishte bërë gjë me kaq rëndësi, por ajo tundi kokën në shenjë pohimi e vlerësimi. U mendua një hop dhe pastaj u duk sikur mori një vendim me veten e saj.

- Toni... Ti e di që nuk kam njeri tjetër. Më duhesh... për një gjë shumë të madhe, për një problem që nuk mund ta mbyll dot vetë. Së pari të më kuptosh, pastaj...

E pa me një lloj padurimi se ç'donte të thoshte. Nguronte të aprovonte, sepse mbetej ende i paditur për atë mister që fshihte Olja. Edhe kjo, sa gjatë!...

- Unë akoma nuk kam nisur të kuptoj. - uli kokën Toni si për të thënë se nuk ishte aq i trashë, por jo dhe aq i zgjuar sa të dinte se çdo thoshte ajo akoma pa folur.

- Mirëdita! - sikur e trembi një zë pas shpinës së tij.

Ktheu kokën dhe pa një vajzë t'i zgjaste dorën. E takoi dhe i buzëqeshi sikur ta njihte prej kohësh.

- Kjo është Holta, vajza ime e mirë, Ton... - buzëqeshi me zor Olja dhe e tërhoqi vajzën pranë vetes.

- Të ngjan. - mërmëriti Toni me një buzëqeshje të sajuar, pa qenë i sigurtë nëse thoshte të vërtetën.

Sesi iu duk, po fundja një ditë do ta takonte këtë... Holtën. Ja ku ishte vetë ajo që kishte qenë; një e panjohur tjetër për të. Vajza ishte e bukur. Atij i dukej se diku e kishte parë. Apo... i ngjante Oljës së atyre viteve?

Holta e puthi të ëmën më përkedheli, la një pako me porosi të saj në anë të stolit dhe diç rrëmoi për ta marrë me vete.

- Më duket se e njoh këtë njeri... - i tha së ëmës si mënjanë, duke parë nga Toni.

Olja buzëqeshi dhe i lëmoi flokët.

- Mbase, mbase. Ik tani, shpirt, se flasim më vonë.

Vajza i buzëqeshi Tonit duke u larguar dhe e përshëndeti me dorë.

- O zot!... Nuk e di pse m'u duk se e njoh prej kohësh. - tha Toni i mekur më tepër si për vete, sesa për Oljën.

Ajo i shtrëngoi duart dhe e pa në sy me njëlloj nënteksti për ta siguruar se vërtet e njihte. Si nëpër mjegull, iu kujtua edhe zëri t'ia kishte dëgjuar diku, por nuk donte ta besonte. Olja rrinte e heshtur, si për t'i dhënë kohë kujtesës së tij të rimëkëmbej dhe kështu ta kishte më të lehtë t'i jepte shpjegimet e tjera, që mbase edhe ishin të vështira për t'ia thënë ashtu copë fare, një njeriu kaq të dashur dikur, por në një miqësi që koha e kishte tretur...

Olja pa që Toni uli kokën me dhembje. E përmendi duke i tërhequr pak duart dhe vazhdoi për të mos lënë asnjë segment të bisedës pa e mbyllur.

- Unë nuk shërohem më... Kam aq pak kohë, sa nuk mund të mjaftojë për të thënë edhe shumë gjëra.

Ai ndieu t'i kërciste diçka në gjoks. Ia shtrëngoi duart fort dhe i afroi buzët me guxim në ballë. Në atë lekurë të brishtë, ndieu një lloj ftohtësire që e trembi. Ah, po ajo... ajo sigurisht që ishte gjallë akoma!

- Mos e thuaj këtë, s'është kështu...

"S'është kështuuu..." - i buçiti në kokë dhe ndieu një si rrapëllimë qelqurinash të thyheshin në një potere të pashoqe. Dhe dhembje. Të fortë, të thellë. Ashtu është dhembja kur të thyhen ëndërrat...

Zgjati dorën dhe priti një lot që ra nga faqja e saj. Në diell zbërtheu një spektër jete që atij iu duk se nuk qe i kësaj bote. Qe i një tjetre, i një bote ëndrrash. Ishte një diamant që duhej pikturuar me gjithë përmbajtjen që kishte brenda. Por ishte i qelqtë... I ftohtë. Akull...

Olja aprovoi me kokë duke e parë në sy. Tani sytë i ishin pastruar dhe i kishin marrë forcë. Kishte guxuar...

- Eshtë gabim, zemër, është gabim. - nxitoi Toni t'i jepte kurajë - Mos i thuaj gjërat e fundit në fillim.

Ajo buzëqeshi hidhur. Por diçka tjetër donte të thoshte. Toni nxitoi e ia vuri dorën te buzët të mos kishte më as kohë, as mundësi të thoshte gjëra të hidhura.

- Dëgjomë, Olja, dëgjomë! Shpresa është ajo që...

- E di, e di, mjaft me këto! - e ndërpreu ajo me guxim - Janë thënie të vjetra për mua, etapa të shkuara. Por diçka tjetër më nxiton që të thirra. Dua të flas me ty...

Ai psherëtiu. A mund të kishte gjë më të rëndësishme se ajo shtërngatë që i kishte rënë mbi kokë kësaj gruaje dhe tani edhe mbi të? Prej kaq muajsh kishte nisur të rijetonte, të ëndërronte diçka që i pëlqente aq shumë. Dhe ja, vinte një çast që përveç jetës së përmbysur, sëmurej dhe vdiste edhe një ëndërr tjetër.

- S'ke ç'më thua më, Olja, ç'qe për të thënë e the! - dhe bëri të ngrihej si për të shkundur gjithë atë gjendje, me shpresën se mund të ndryshonte diçka.

- Kam, Ton, kam... - e kapi ajo lehtë nga krahu dhe e tërhoqi që ai të rrinte ulur aty pranë saj.

Ia tundi duart për ta përmendur, për ta parë në sy.

- Dëgjomë tani! Vajza, siç e pe edhe kur... ishim në Shqipëri, nuk është ajo që dua unë të jetë. Eshtë shumë larg. Nuk mund të rrijë më këtu ku kam qenë deri tani. Kam frikë për të. Dua të vij në vendin tim dhe të nis diçka nga fillimi. Për aq kohë sa më mbetet...

- Olja, mjekimi dhe shërbimi që të bëhet këtu... Pastaj, ç'do të thuash me ato fjalë? Jo, jo, më duken mendime të nxituara që askujt nuk do t'i shërbenin...

- Nuk kam më mjekim për të marrë. Thjesht më duhet të pres sa do shkojë... Terapia është individuale. Bëhet në shtëpi. Dhe... vetëm pritje. Kupton?...

- Nuk po të kuptoj, Olja, ç'thua kështu? Me kaq lehtësi... - kërceu Toni i trembur.

- Po! - foli ajo e vendosur - Për fat të keq, po! Holta
është njëzetë e dy vjeçe dhe ka shumë vese. Por duhet
të më lësh të të flas e të mbaroj.

Fliste me një qetësi të pamasë, gjë që tregonte se
gjithçka e kishte menduar shumë, e kishte menduar
gjatë, gjersa kishte vendosur se kjo që donte të bënte
ishte më e mira e mundshme për të bijën. Toni nga ana
e tij përpiqej të lidhte gjithë fjalët e saj me atë vetë dhe
i dukej një labirinth pa fund. Për t'i marrë një mendim
e kishte thirrur deri këtu? Epo... ku donte të dilte, që
po i kërkonte të heshte dhe ta dëgjonte deri në fund?

Olja bëri një pauzë të gjatë, si për të vendosur nëse
duhet të vazhdonte apo jo, duke parë gjendjen në të
cilën ndodhej ai tani. Mori frymë thellë dhe vazhdoi:

- Eshtë shumë e vështirë. Ka provuar... Po, po, nuk
do nguroj të të them... Eshtë përdoruese narkotikësh,
Ton. Shpesh edhe shpërndarëse. Prej këtyre arsyeve,
pasi e lejoi mosha ka provuar burgun, . Unë e di çdo të
thotë të rritesh pa prindër. Ajo u rrit vetëm me mua,
por pothuaj pa mua... Kam bërë ç'kam mundur për të.
Por edhe fati... Kaq munda...

Heshti përsëri. Mori frymë thellë dhe me një xhest
të kokës i dha vetes kurajë.

- Pas... ikjes sime, dua të ta besoj ty. Unë jam nisur
për tjetër rrugë, Ton...

Ai e shihte i çuditur dhe dukej se ose nuk po e kup-
tonte mirë, ose po e pushtonte paniku. Mezi priste të
fliste pa ditur çfarë do të thoshte. Olja e të papriturave,
dukej sikur nuk do t'i mbaronte të papriturat e saj...

Nisi të thoshte diçka.

- Prit, më lër të mbaroj! Ti ke shpirt të madh, nuk

tërhiqesh lehtë. Ke emër të mirë, njerëz që të duan. Mbase... Je artist dhe do ta thyesh Holtën. Të lutem!... Nuk kam njeri tjetër veç teje. Bëje për hir të asaj diçkasë së atëhershme... Besoj se me pak nikoqirllëk, mund t'ia dalësh me ato ç'kam kursyer e do të lë për të. Ajo duhet të fillojë punë dhe të hyjë në një jetë te re, te hijshme... Si e keqe që jam! Dua ta shfrytëzoj pak gjithë atë që ti e ke krijuar për veten tënde... - sajoi një gati buzëqeshje ajo.

Po ishte një buzëqeshje e imponuar nga një bisedë së cilës po i vinte fundi. Mbaroi fjalën, i shkanë lotët dhe mori frymë me ngashërim. Buzët i qenë tharë nga rrëfimi i vështirë. Dukej sikur gjithçka që thoshte e lehtësonte shumë, njëkohësisht i shkurtonte rrugën.

Ai nuk e kishte mbledhur veten akoma nga gjithë ajo histori. Sidomos nga ajo kërkesa që mund ta anga-zhonte maksimalisht. Nuk i dukej normale. Nuk...

T'i ndryshonte jeta kaq shpejt?

I takonte vërtet ta bënte?

A do mundej?

Nuk ishte një apo dy ditë, as dy javë, as tre muaj... Jo, jooo, nuk mund ta pranonte! E kishte dashur aq shumë Oljën e tij dhe e donte shumë, por... Në fund të fundit... Sado humane të dukej një gjë e tillë, ishte një përgjegjësi që...

Uli kokën dhe i shkëputi duart nga të Oljës. Ajo e ndoqi me vështrim të kuptonte nëse ishte një gjest proteste apo një lëvizje pa domethënie. Kishte një lloj meraku të justifikuar. Toni mbështeti bërrylat mbi gjunjë dhe njekrën në duar. Ajo i hodhi dorën në sup, por ai u ndie i lodhur për ta mbajtur. Brenda kaq pak kohe po merrte kaq goditje; që nga sëmundja e Oljës, deri te kërkesa e saj. Një ditë që edhe ëndërr të kishte qenë, do ishte e tmerrshme.

- Më lër të mendohem. Të lutem, Olja! Nuk është lojë femijësh, kuptomë...

Ajo qeshi me pak qesëndi si për t'i thënë:

"E di, e di, por nuk ke kohë të mendohesh, koha ime po mbaron. Ç'kisha për të thënë, t'i thashë. Tani nëse mundesh, fillo tënden. Kurajë, Ton!".

Ndieu që i rrëshqiti ngadalë në gjoksin e tij dhe e shtrëngoi si atëherë... Pak më vonë e shoqëroi deri në sallën e terapisë dhe priti në dhomë.

Nga dritarja shihte si vesonte shi i imët, i saponisur. Mblidheshin pikat mbi degë dhe pulsonin mbi parmakun e mermertë. Edhe ç'mendonte ai, ishin të ftohta, i mpinin trurin dhe i dukej se nuk kishte më fuqi për asgjë. Mezi priste të kthehej në shtëpinë e tij, në qytetin e tij, në rutinën e tij të përditshme që i dukej se e kishte humbur prej kohësh. Ndihej edhe më fillikat kur mendonte që pas ca edhe Olja nuk do qe më...

Infermierja që solli Oljën nga salla duke e shtyrë në një krevat me rrota, i buzëqeshi, e përshëndeti dhe i rikujtoi se pacientja duhej të rrinte në qetësi.

Ai e shihte me keqardhje teksa dukej e përhumbur në një gjumë të keq. Kishte një zbehtesi të frikshme në fytyrë. Në ballë lëkura ishte kaq e tejdukshme, sa ai mund të lexonte gjithë ç'kishte brenda ajo kokë e bukur. U tremb. Iu duk se po shkelte një intimitet që edhe ai për vete e kishte të shenjtë. Shkoi përsëri deri te dritarja dhe u kthye. I preku ballin. Ajo frymëmori thellësisht në një zgjim të detyruar. Tonit iu kujtua

këshilla e infermieres dhe u step. Olja kishte hapur
sytë. Në pafuqi e sipër i buzëqeshi, si për t'i thënë:

- Kaq ishte, mos u shqetëso, se nuk më duhet më
asnjë qetësi!...

* * *

U kthye përsëri në vendin e tij. Në shtëpi ndihej
nën një barrë të rëndë. Koha po i ikte pa kuptuar sesi.
Mendimet nuk arrinte t'i çonte deri në fund, i ngatërro-
heshin në rrugë të errëta. Nuk ndihej mirë në qetësinë
e shtëpisë. Tani i dukej ndryshe, nuk e mbante vendi.
Edhe kënga e kanarinës nuk i dukej këngë, por zhur-
më, një zhurmë bezdisëse që nuk po e duronte dot.
Nuk do gjente qetësi as pasditeve, nëse kryente ritin e
ca kohëve më parë; të dilte herë me një shok e herë me
një grup miqsh.

S'dihet për të sajtën herë po e lexonte letrën që Olja
i dha kur po nisej. E hapi vetëm kur arriti në shtëpi. Sa
herë e merrte në dorë, i dukej se gjente të reja që herën
e mëparshme i kishte kapërcyer si të zakonshme.

"Nuk do t'i mësoje kurrë këto që të them, nëse si-
tuata ime do ishte normale. Por dashuria, detyra dhe
përgjegjshmëria për Holtën, më bën të përgjunjem si
kurrë në jetën time. Eshtë kënaqësia me e madhe, por
edhe përgjegjësia më e madhe, detyrimi më i madh,
detyrimi ndaj fëmijës.

...Punoja me turne si infermiere, deri para gjashtë
vitesh. Pastaj pastroja një lokal në kohën që me mbetej.
E rrënuar nga lodhja për të shlyer qiranë, për të shko-
lluar vajzën, nuk dija më sa ishte ora dhe se çfarë dite
ishte. Isha bërë një robot që kryen përpikmërisht ritet

e ditës. Më duhej të mbaja punë rezervë për çdo rast të keq. Dhe... paskam pasur kaq pak kohë të merrem me bijën time! Kjo rutinë e përditëshme me kishte zënë sytë për të parë se ajo rritej dhe donte më shumë përkujdesje, kontroll dhe ngrohtësi. Më dukej e vogël ende dhe e detyruar të bënte çfarë i thoja, pa e jetuar moshën e saj, deri aty sa edhe lodrat që i duheshin i quaja marrëzira. Kishim filluar të bënim fjalë, zënka të adoleshencës që sigurisht nuk më habisnin. Mbanim qëndrim ndaj njëra - tjetrës.

Por një ditë nuk e gjeta në shtëpi dhe as po vinte, ndonëse shkoi vonë. Ankthi më zinte frymën minutë pas minute dhe e pamësuar me situata të tilla, po çmendesha pa ditur ç'të bëja. E prita gjithë natën, me zemrën çarë nga ankthi dhe meraku që më mpinte.

Kontrollova në gjithë shtëpinë për një shenjë që mund të kishte lënë. Dhe zemra sikur më plasi, kur pashë që më mungonin 4500 euro që i kisha fituar nga puna që bëja në të zezë dhe nuk i çoja dot në bankë. Më iku një ulërimë nga thellësi e shpirtit, sa për gjithë të zezat në jetë. Si thikë e çau natën ajo ulërimë, por prapë u përplas brenda mureve të shtëpisë dhe m'u kthye përsëri brenda gjoksit në një hemoragji të pa- parë... Rashë në gjunjë para dollapit, atje ku kisha pas- ur paratë dhe u luta që të paktën vajza të ishte mirë. Ato çaste, ndieja habi e mosbesim, inat, urrejtje për mosmirënjohjen. Dhe qaja pa pushuar. Një jetë të tërë vetëm dhe ja, kisha mbetur përsëri vetëm! Duhej kohë të mbaronin ata lot, por më pas, atëherë kur nuk ki- sha më fuqi të qaja, m'u duk vetja e lehtësuar. Ndieva detyrën ta gjeja vajzën dhe të rikthehesha edhe më e fortë. Nisi një jetë tjetër për mua, më e vështirë akoma.

E di Ton? Sa mirë bën njeriu që qan! Lotët janë helm brenda trupit, më mirë që dalin. Kur nuk kisha me lot, ndieva mëshirë dhe lutesha të ishte mirë. Ku s'më shkonte mendja pse mund t'i kishte marrë ato lekë. Pastaj ngushëlloja veten duke menduar moshën e saj, dëshirat e paplotësuara për një çantë, një bluzë, një palë atlete dhe e justifikoja. I vjen zor të vijë tani, ngushëlloja veten. Dhe bëja mirë, bëja mirë të qetësoja veten. Telefonova ambulancën dhe policinë. Nuk kishin njoftim për aksident apo gjë tjetër të keqe. Shyqyr, o zot, thashë me vete! Dhe kjo përkohësisht më qetësonte. Ç'të të them më, Ton? Holta më erdhi të nesërmen shumë vonë, me sytë gjak të kuq të nxirë nga lodhja. E heshtur si varri, me lekurën të errët... Të të them që e kishin droguar dhe përdhunuar? Shfrytëzuar naivite-tin e saj? E egërsuar, e tjetërsuar? Nuk besoja se më donte më as mua. Por megjithatë, në heshtje u mbyllëm në krahët e njëra - tjetrës, duke premtuar pa zë, se kjo qe vetëm mes ne të dyjave. Por më e keqja, ato para të zhdukura, ishin përdorur për kurthin që i kishte ngri-tur vetes e që do vazhdonte në ditët që vinin... Ndenji dy ditë në shtrat e pastaj nisi të më tregojë si e humbur në gjithë rrugët ku kishte shkelur. E dëgjoja dhe qaja në heshtje. Nuk dija ç't'i thosha. Morali dukej budalla e i çmendur në atë situatë. Dukej që ajo kishte nevojë për ndihmë, për një njeri që ta ndiente më afër se çdo njeri tjetër. Ah, po hyre në atë rrrugë, nuk del dot më, Toni! Kisha parë shumë filma, por tani isha vetë në rol. Më parë nuk do ta besoja kurrë se do kisha atë fat. Ishte bija ime në rol tani, ishte një grup adoleshentësh, të papërgjegjshëm për çfarë bënin me njëri - tjetrin dhe me të tjerët. Kam paguar shumë për punët e errëta të Holtës, në kohë dhe në para, kam shlyer borxhe të panjohura, duke e shkëputur nga bosa droge e trafikimi të çdo lloj mjeti; që nga celularët e deri te makinat e mira. Kishte kohë që krimbi kishte hyrë thellë dhe unë nuk kisha vënë re gjë. Më dukej se ishte akoma fëmijë për të marrë atë rrugë. Dhe e nisur në papërgjegjshmëri të plotë, i ishte kthyer në profesion. Me shumë luftë arritëm të bëjmë marrveshje, arriti të më dëgjojë, por nuk e di sa edhe të më kuptojë deri në fund... Dhe e ndiej që asgjë nuk duket të ketë përfunduar. Ndihmomë, Toni dhe në qofshim të parajsës, do takohemi aty dhe do jemi përsëri bashkë! Të kam dashur me gjithë fuqinë e shpirtit tim. Por sot kam nevojë për ty...".

Sa herë shkëputej nga letra, shikonte larg dritares. Kishte ndiesinë se jashtë vazhdimisht binte shi. Mesa duket vetmia e tij kishte marrë fund, por udhët në të cilat pritej të ecte, ishin të brishta dhe nuk dihej si shkonin gjërat. Kishte kaq pyetje për t'i bërë, po kujt? Dhe tani që ajo... s'kishte më kohë...

"Kursimet e mia nuk janë kushedi se çfarë, por besoj se do dalin derisa ajo të gjejë një punë, për t'u shkëputur më vete dhe mbase të arsimohet për gjithë sa vlen. Ah, ta dish sa keq ndihem që po e lë në mes të rrugës, pa mundur të bëjë më asgjë! Ajo duhet të jetë ajo që vlen të jetë, Toni! Dhe ti duhet të bësh të pamundurën për këtë. Duhet, Toni...".

* * *

Po vërtet...

U tremb nga zilja e telefonit. Vuri syzet dhe ashtu në errësirë u mundua të lexonte thirrjen. Ah...

- Ton... Ajo nuk është mirë. Më duket se... nuk është më. Të lutem, mos më lër vetëm. Të lutem...

- Mbahu vajzë, erdha!

U vesh shpejt me ç'gjeti mbi kolltuk dhe u nis rrëmbimthi. Ecte dhe lutej.

- Më prit, Olja ime, më prit! Të të dëgjoj fjalët e fundit... Të të jap bekimin për në parajsë... Të lëmë një vendtakim kur të vij edhe unë...

Me hapa të mëdhenj kalonte trotuarët, rrugën, përsëri trotuarë, lulishte... Si nuk e kishte vënë re se qyteti ishte aq i madh! Kishte kaluar mesnata. Një grup të rinjsh, duke dalë nga diskot vazhdonin të argëtoheshin rrugëve e t'i gjallëronin nga përgjumja.

... - Akoma shkohet nëpër disko? - mendoi.

Oljën nuk e gjeti gjallë.

Holta i ra në gjoks e mbaruar.

- Iku paparitur. Mori frymë thellë dhe ofshau... Se kë donte të thërriste diku larg... Dhe nuk mundte. M'u duk se gulçoi në një dhembje të tmerrshme e nuk mundej të bënte dot fjalë. S'di ç'donte të thoshte... S'di...

Toni i lëmonte flokët duke e përkëdhelur. Pastaj iu ulën të dy pranë. I morën duart duke e prekur për herë të fundit e duke folur me atë shpirt që ndoshta ende nuk e kishte lënë trupin që po ftohej tashmë.

Toni u përmend i pari nga ajo gjendje duke u kujtuar se në këto raste ka ca rregulla që duheshin ndjekur.

- Të telefonojmë ambulancën...

- Pse, pse? Ne e dimë shkakun e vdekjes. Ç'duhet autopsia? Ta çajnë kot? Ç'thua, Toni! Apo të rroj gjithë jetën me idenë që veshka e mamit punon diku tjetër?

- Ç'thua, Holtë? Janë rregulla, duhet që mjeku të japë një vërtetim vdekjeje dhe një arsye. Ndryshe...

Holta sikur gjeti një shkak më shumë për t'ia krisur të qarës. Iu ul së ëmës pranë. Nisi ta rregullonte sa mund të dijë një vajzë në moshën e saj. Dhe qante. Qante me ca fjalë që i dilnin nga shpirti, sa edhe Toni u habit. Megjithatë telefonoi ambulancën. Iu afrua vajzës, e mori ndër krahë dhe ashtu përqafuar ngushëllonin njëri - tjetrin thuajse në heshtje, deri sa makina erdhi dhe mori Oljën e pajetë.

Në mëngjes, i zgjuar nga një pagjumësi e rëndë, u pa në pasqyrë dhe me lapustile bëri një lot në skicën e fytyrës së Oljës. Pastaj një paralelpiped të ngjyrosur... I erdhën vetiu, ndijime të çastit për të folur me gjuhën e shpirtit të tij. Nisi të rruhej dhe pa fytyrën e buhavitur.

- Olja!...

Pa sytë t'i njomeshin e skuqeshin në çast...

- Sot do të përcjell. Do të takoj për herë të fundit në këtë jetë. Do të prek për herë të fundit. Për lamtumirën... Të premtoj se do të bëj gjithçka nga ato që më kërkove ti. Të prehesh e qetë, derisa të vij dhe unë. Më dhe edhe një herë një ëndërr të bukur që përsëri u fik çuditërisht. Po, po, kam nisur të besoj...

Ndieu të gëlltitej me vështirësi dhe mblodhi veten. I shkoi pranë Holtës që e kishte marrë me vete që në mesnatë dhe i kaloi dorën mbi ballë. Ajo brofi e trembur dhe me t'u kujtuar ku ishte, ngashëreu.

- Ngrihu tani, bëhu gati të dalim, të shkojmë në shtëpi e ta bëjmë gati... Duhen lajmëruar edhe ata njerëz që e njohim...

Nisi të vishej edhe vetë. Një këmishë të bardhë e kollare të kuqe. Pastaj... sesi iu duk forma e kollares, fundi sidomos, si majë arkivoli dhe u drodh. I veshur sportiv shumicën e kohës, atë copëz leckë që i shtrëngonte fytin e ndieu si lak. Iu kujtua babai që e mbante dhe në shtëpi. Bëri ta heqë, por mendoi se duhej.

Në varrim ishin aq njerëz sa mundën të lajmëronin, por edhe një miqësi e kufizuar e Oljës në qytet. Toni nuk mund të bënte njeriun që organizonte atë ceremoni të thjeshtë. Përgjegjësia ra mbi Holtën e njomë që bëri si bëri, mes ngashërimeve mezi tha dy fjalë mirënjohjeje. Pastaj hodhën nga një grusht dhe mbi arkivol. Teksa dëgjonte atë kërcitje mbi dru, Tonit i dukej se grushtet, pastaj lopatat me dhe, binin mbi gjoksin e tij. Nga aty ku po e mbulonin, Olja e bardhë niste një rrugëtim tjetër...

- Me siguri në parajsë, Olja ime! - mërmëriti si lutje.

* * *

Në çdo çast të ditës Toni jetonte me fjalët e saj, e dinte përmendësh atë letër dhe thuajse e kishte filluar jetën që e priste së shpejti. I fliste, e pyeste, grindeshin. Pastaj ndiente se përgjigjej po vetë, në një mënyrë, ose një tjetër, mjaft që të gjitha pyetjet të merrnin një përgjigje dhe situata të merrte një lloj forme. Por e ndiente se fillimisht duhet ta ndante me dikë. Vetë nuk mund të përballonte çdo vendim.

- Unë do ta bëja! Eshtë njerëzore. Aq më tepër për

një vajzë që e ke dashur me gjithë shpirt dikur. - i tha një shok të cilit i tregoi gjithçka.

- Vërtet? - ishte habitur Toni me sy të hapur.

- Po, sepse edhe kushtet i ke, Ton. - aprovoi tjetri.

Në fillim këtë e ndieu si kurajë, më pas si detyrim.

***

- Jam në moshë madhore, nuk më ndalon dot! - ngriti zërin Holta - Ku më gjete xhanëm! Më ndjek ti mua?

Ai e pa me një farë mllefi, por gjithësesi e mbajti veten. Heshti për disa çaste, në mënyrë që kur të fliste, fjalët t'i merrnin peshë.

- Ti duhet të më kuptosh, po të lutem përsëri që të përpiqesh të më kuptosh! - tha vendosmërisht.

E shihte në sy për t'i marrë një përgjigje, një përgjigje që atë çast, sa më shpejt të qe e mundur, ta merrte si kërkesë faljeje, ose si premtim.

Ajo heshti kokëulur. Zgjati dorën dhe e shtyu gotën e konjakut drejt tij. Toni i kapi dorën në shenjë mirënjohjeje, por ajo e tërhoqi butësisht që të mos fyhej. Gjithsesi, ai sërish u ndie mirë që e dëgjoi. Aq më mirë po të mendonte se edhe e kuptoi. As ai nuk e piu të vetin. Kamarjeri erdhi në çast si të kishte kuptuar dhe mori konjakun.

- Diçka tjetër, zonjushë?

- Jo, faleminderit! - iu përgjigj vajza me njëlloj inati.

- Ju? - iu drejtua ai Tonit.

Ai lëvizi kokën në shenjë mohimi.

Në situata të tilla u dukej se skishin ç'bënin më në një tavolinë të dy. Ngriheshin dhe dilnin nga lokali, duke i ndarë rrugët secili për në shtëpinë e vet.

184

Toni nuk mund të rrinte dot ashtu në një lloj mërie të pakuptimtë. I dukej sikur ajo nga inati do bëhej xurxull në shtëpinë e saj, me konjak apo... Ku i dinte ai të gjitha. Dhe kjo ia ngushtonte më shumë mendimin. Por ky mendim, i përforcohej sepse e kishte gjetur në gjendje të tillë disa pasdite dhe debati për të bërë një jetë më të rregullt kishte qenë i ashpër.

- Unë nuk mund të jem më ajo që dua të jem, as ajo që do ti të jem, as ajo që ëndërronte Olja... Ajo nuk e kuptonte këtë. Më vinte keq dhe shpesh i premtoja gjëra që nuk mund të ndodhin. Por kaq ishte. As ti nuk e kupton këtë? - thoshte thuajse të njëjtën gjë dhe ia shkrepte të qarit me kokën mbi krahun e kolltukut.

Shpesh ai e ndiente veten të fyer nga çfarë mundohej t'i spjegonte ajo. Toni nuk ishte mësuar me këto situata dhe i dukej vetja i tepërt. Njëherë iu duk vetja vërtet si një tutor i papërfillur, aqsa u ngrit dhe doli. Ajo nuk ngriti as kokën. Ndoshta e donte atë lloj lirie, qoftë edhe të ngurtësuar, qoftë edhe për pak kohë.

Por rrugën ia "preu" Olja...

... - U theve, Toni? Kaq shpejt? Tamam në këtë çast që duhet të këmbëngulje, t'i rrije pranë, ti e lë vetëm? Eshtë fëmijë akoma, ka nevojë për ngrohtësi, për pak përkëdhelje që unë nuk munda t'ia jepja kur duhej. Gjeja pak gjuhën. Ndihu ti prind i saj... Ti mundesh, Tooon!...

I ndieu këmbët të mpira dhe nuk bëri më asnjë hap më tej. I foli vetes vrazhë:

... - Nëse ikën sonte, mos u kthe më. S'ka pse!

U kthye te Holta dhe e gjeti me shishe në dorë. Ia mori butësisht dhe për t'u gjendur të dy brenda një halli, e ktheu edhe vetë njëherë. Pastaj nxori cigaret, një paketë të panisur, si për t'i thënë se për cigare kishte dalë pak më parë dhe ia zgjati.

Tymosën në heshtje si dy shokë të mirë, qe ia di-në dhe ia qajnë hallet njëri - tjetrit. Mbase duhej ta pranonin njëri - tjetrin ashtu siç qenë dhe bashkë të përpiqeshin të bënin atë që duhej bërë. Kjo mund të qe një rrugë më e qetë, më paqësore. Pastaj gradua-lisht ndoshta ia dilnin të dy për të hequr dorë nga ca vese e për t'u marrë me angazhime më të hajrit.

Kur ia thoshte këto, Holta vinte buzën në gaz me një lloj mosbesimi, ironie, talljeje ndonjëherë. Gjithë-sesi ishin çaste që Toni ndihej njëfarësoji optimist.

Po bëheshin ditë që nuk qe takuar me Holtën. Ato ditë shiu të ftohta kishin rrjedhur përtueshëm dhe ndonëse i kishte telefonuar, ajo me çdo mënyrë i kishte rrëshqitur takimit me të. Atij nuk po i pëlqente kjo si-tuatë dhe së fundi këmbënguli të takohej. E kishte bërë fakt duke i thënë prerë:

- Mirë, po të pres në shtëpinë tende derisa të vish.

Përtueshëm numëroi hapat deri te apartamenti i Holtës vetëm me një dhomë, një banjë dhe një aneks dhe ngjiti shkallët. Po dera ishte hapur dhe u çudit. Holta i buzëqeshi nga brenda. Ai i pa sytë që i xixëllo-nin. Dukej e lodhur dhe veç shtirej me atë buzëqeshje.

- Erdha para teje...

Ai e pa mosbesueshëm. I vinte për të bërë sherr, por e ndiente që nuk duhej. Holta iu afrua dhe i zgjati cigaret, si për një lloj marrëveshjeje që të ndihej i paj-tuar me gjendjen e saj. Toni ia shtyu butësisht dorën.

- Unë do ta lë cigaren! - i tha me vendosmëri.

Ajo e pa me një lloj ironie dhe mosbesimi të tipit "kush të pyeti?". Me shikim Toni kërkonte një lloj aprovimi, por edhe...

- Nuk do pi më cigare, e kam vendosur...

- Do të më detyrosh edhe mua, që po e thua përsëri?

Ai i pa në sytë e skuqur një lloj euforie. Ajo iu kthye përballë me një lloj adhurimi ironik.

- Mirë do bësh, dëmton shendetin. Ahahahahaaa... Frikacak! - qeshi me shpoti - Kurse unë jo, mos ma kërko këtë, të lutem! Ahahahaaa... Ti mbroje shëndetin tënd nga duhani dhe... E ke menduar se mund të të shtypë ndonjë makinë edhe pse e ke lënë duhanin? Ahahaha... Mirë, mirë, bëj si të duash!

Ai u ngrit dhe i shkoi pranë. E kapi fort për krahu dhe ektheu nga vetja.

- Nuk duhet, më dëgjon?

- Më lër rehat! Po nuk jam fëmijë unë, edhe ti...

Iku u shtri në kanape si për t'i bërë karshillëk, mbylli sytë si për të fjetur pa ulur as zërin e televizorit.

Ai u ndie keq, por nuk e bëri veten. Përkundrazi, pas pak kohe, i hodhi një kuvertë që të mos kishte ftohtë dhe vetë u ul me një libër mbi kolltuk. Aty në çast e kish gjetur si të sillej.

... E zgjoi Holta që po lëvizte në aneks.

- Do kafe? - e pyeti ajo me xhezve në dorë.

Ai mohoi me kokë. U ngrit si pa ditur ç'të bënte. I vinte inat që e kishte fjetur dhe ajo ishte zgjuar para tij.

l duhej pak mendje e ndarë të niste bisedën që kishte vendosur të bënte. Ose "elegancë", siç i thoshte ajo kur ishin me të mira dhe shokë.

- Holta, këtë shtëpi duhet ta lëmë...

Ajo u kthye sikur e pickoi gjarpëri. Dyshoi nëse dëgjoi mirë apo duhet ta pyeste edhe njëherë se ç'tha. Por kur i pa sytë, besoi se kishte dëgjuar saktë.

- Dhe pse? Ç'do të thotë kjo?

- Nuk kemi më lekë për ta mbajtur. Bilanci është negative dhe me këto ritme....

Fytyra e saj sikur u qetësua, por pak më pas u vrenjt, qëndroi në mëdyshje dhe me një turbullirë në kokë.

- Dhe ku...

- Do rrish në shtëpinë time. - nxitoi të sqaronte ai - Një dhomë ti, një dhomë unë. Derisa ti të rregullohesh në një punë që të mbash veten. Këtë kam menduar...

Në fillim fytyra e saj mori një pamje mirënjohjeje, pastaj u ngrys, u nxi dhe nisi të turfullojë,..

- Ehë, domethënë do të më kotrollosh 24 orë në 24! Do të bësh edhe dadon tani...

U dëgjua një zhurmë. Ajo flaku xhezvenë mbi lavaman. Toni buzëqeshi dhembshëm duke i kujtuar se e kishte të kotë këtë lloj nervi.

- Harroje këtë gjë! Vërtet të shkoi medja se mund të ndodhë? Kurrë! Nuk kam më nevojë për mbështetjen tënde! Mjaft! Mjaaaft! Dhe çdo jem unë për ty? Mos të ka shkuar medja edhe... të më përdorësh?

Toni u zgurdullua nga bërtitjet dhe logjika e saj. Teksa e shihte të vishej nisi ta qetësojë në një farë mënyre apo së paku ta ulte për të biseduar. Sa të turpshme ato që tha! Por iu kujtua Olja që i kishte thënë se ajo është aq e zgjuar sa... provokon e para, për të dalë nga situatat e vështira.

- Mblidh mendjen! Ç'po thua, Holta? E kujton të lehtë për mua? Mos kujton se doja t'i hyja kësaj rruge? Mendova se po bëja mirë, mendova se do më ishe mirënjohëse, ndaj i premtova Oljës. I premtove edhe ti, e mban mend? Dhe tani merr zjarr sikur po të nxjerr në rrugë? Pa ulu, ulu e më thuaj ç'mendon? Ku po ikën kështu? E bën fakt? Po puna që kemi bërë deri tani? Po i vë shkelmin? Holta!... Holta!...

Ajo ndaloi tek po vishte këpucët me çantën në sup.

- Shumicën e punës e kam bërë me Oljën. Jam shumë mirë, jam e përgjegjshme për gjendjen time dhe jam e zonja tashmë të përballoj çdo gjë. Ty të falenderoj për ç'ke bërë deri tani. Stop këtej e tutje! U kënaqe? Mirënjohëse mjaftueshëm? Për këtë kishe nevojë? E more tani? Ikim!

Toni kishte stepur nga ajo breshëri fjalish që s'arriti dot t'i lidhte me njëra - tjetrën dhe t'i përtypte se ç'donin të thoshin. A ishin të gjitha për të?

- Për ç'përgjegjshmëri e ke fjalën, ti vajzë? Për këtë?
Dhe hodhi në dysheme një shiringë petashuqe.

Holta e shtyu me këmbë me neveri. Por në çast e kuptoi për çfarë presioni bënte fjalë Toni dhe iu deshën disa çaste të rimerrte pozicionin që kishte.

- Ajo nuk është imja, është e shoqes që ishte këtu para teje. Dhe e di çfarë?... Eshtë e shokut tim që e mbaj siç më mban ti mua. Kaq! Ikim, se më duhet të lëviz. Nuk kam ç'të diskutoj më me ty!

Ai u ngrit rrëmbimthi dhe u nis para saj drejt derës. Nxori tufën e çelësave dhe hoqi njërin prej tyre.

- Merre, është yti, nuk ka ç'më duhet mua. Në djall përpjekjet dhe ajo që kërkoj të bëj! Uroj t'i bësh ballë vetë çdo gjëje!

* * *

Nxitoi të zbriste i pari nëpër shkallë duke e lënë Holtën mbrapa, për t'i dhënë të kuptojë se mes tyre nuk kishte më asgjë. Dëgjoi pas zhurmën e bravës dhe hapat e saj. Iu duk se qenë hapa të nxituar, sikur rendnin për të arritur hapin e tij të madh. Por më pas nuk i dëgjoi më dhe vazhdoi rrugën.

U ul në një nga stolat e parkut. Ndihej blozë. U ngrit, bleu një paketë cigare dhe nisi të tymose në atë qetësinë që nga brenda ziente. Ah, tani vërtet po pendohej për gjithçka që kishte marrë përsipër, ndonëse edhe ky rrebelim i Holtës, deri diku i dukej i arsyetuar. Ishte një moshë që nuk mund t'i rrihej para mbrapa kaq rreptësisht. Por fjalët e Oljës i kumbonin në vesh:

... - Këmba - këmbës, Ton, të lutem! Mos të të dhimbset! Më vonë do të kuptojë dhe do të japë të drejtë.

... - Nuk jemi... njësoj para saj ne të dy, Olja, si nga lidhja ashtu edhe nga përgjegjësitë. Nëse ti e fyen dhe ajo ta kthen, me mua nuk mund të ndodhë kështu... Sepse as unë, as ajo nuk ia durojmë njëri - tjetrit. Kupton? Më fal, Olja, nuk duhet ta kisha pranuar këtë barrë.

... - Jo, Ton, nuk është e tillë. Eshtë e mirë, pavarësisht huqeve që mësoi rrugëve që mori. Ka norma, di të ndajë sjelljet për çdo njeri. Eshtë e mirë, Ton... Nëse më ke dashur mua, më duaj akoma nëpërmjet Holtës...

Aty në stol ngrinte e rrëzonte shumë dialogë, i dukej sikur ishin të tre si ato pak ditë kur Holta i qe dukur më e shtruar dhe kishin ndenjur gjatë pranë Oljës.

U kujtua se duhet t'i linte lekët, jo vetëm shpenzimet ditore, por edhe më shumë. Tani qe pasdite dhe nuk kishte ku t'i merrte. U ngrit, nxori telefonin dhe i

190

ra numrit të saj. Sinjali njoftonte, por askush nuk përgjigjej. E provoi përsëri, por përsëri heshtje dhe kjo e nervozoi edhe më shumë. Ndihej i fyer. Më pas, telefoni ishte i mbyllur dhe ai ndieu një boshllëk të madh tej e tej vetes.

Mbështolli ato lekë që kishte në portofol me një letër të bardhë dhe u kthye te shtëpia e saj. I shtyu nën derë. Nuk donte që ajo të ndihej nën presionin e lekëve, por mbase mund të ishte mirë edhe po të ndodhte ashtu.

... - Nesër! Po, po që nesër, do kaloj llogarinë në emër të saj dhe do t'i lëshoj një kuotë javore, sa të mësohet të administrojë. Më mirë kështu Olja, dëgjomë! Edhe unë do jem më i qetë.

Pa orën si për të ditur sa donte të vinte e nesërmja.

Rrudhi buzët mërzitshëm dhe u nis për në shtëpinë e tij. Ishte një mbrëmje tej e tej e mërzitshme. Ndali një çast, kujtoi se ishte shumë herët për t'u mbyllur brenda, mund edhe të dilte kafeneve me ndonjë mik që e kishte marrë malli. Por vazhdoi të ecte vetëm, nuk besoi se do kishte nerva të bënte biseda të tjera, veç problemit që sapo i qe hapur këtë pasdite. Dhe ai problem nuk ishte bisedë që mund ta bënte me këdo.

Të nesërmen në mëngjes, teksa rruhej para pasqyrës, pa t'i ishte ngjitur në fytyrë një pezm, një vuajtje e hidhur. U shpëla disa herë, si për të përzënë të ligën e natës dhe të pasditës së shkuar. Rregulloi flokët sikur do shkonte në një takim të rëndësishëm.

Zbriti poshtë dhe mori makinën i sigurtë dhe i vendosur ku do shkonte. Ndaloi te një dyqan lulesh, bleu një tufë të bukur dhe e mbajti frymën te varri i Oljës. E ndieu të kishte emocion dhe mallëngjim që rrugës. Po pse të mos i thoshte mall?

Kishte ardhur enkas për të. Kishte ardhur me një lloj rrëfimi që mendonte se do ta lehtësonte. I hapi lulet mbi mermer dhe ashtu tek rrinte në këmbë, e shihte Oljën nga lart. Ajo nuk e kursente buzëqeshjen, që dukej sikur merrte formën e gjithë fjalëve që do t'i thoshte ai.

Toni buzëqeshi një çast me vete dhe u kthye të ikte. E dinte se pse po buzëqeshte. Ishte një buzëqeshje që ironizonte atë vetë.

... - Erdha u rrëfeva te një e vdekur. Erdha u ankova. Erdha u qava, u qurravita. Apo erdha të pastroj ndërgjegjen time që nuk mundem më? Nuk mundem... Se kam jetën time dhe tani që ti nuk je, as dua t'ia di për atë që ke lënë pas!

Psherëtiu thellë dhe tundi kokën në shenjë mohimi.

... - Jo, Olja ime, jo! Nuk është kështu!

E dinte që kishte para një mal me halle, angazhime. Sigurisht që nuk do ta linte Holtën të bënte ç'të donte. Po ja, do ta ndihmonte ashtu fshehur, që edhe ajo të ndihej më e përgjegjshme, edhe të mos ia lëndonte krenarinë që kishte vënë re se sa vinte i shtohej.

***

Pasi u nda nga Toni, Holta mori një rrugë kuturu, pa asnjë drejtim.

... - U nxitova ca, po edhe ai... Nuk mund t'i bëjë fakt mendimet e veta, t'i bëjë vendim pa u marrë vesh me mua. Si mund të rri te shtëpia e tij? Miku i mirë i... mamasë sime! Ph... Dua intimitetin tim. Pastaj... si mund të prezantohem unë para miqve të tij, të afërmve? Po para një shoqeje që ai edhe mund ta ftojë në shtëpi? Po unë nuk mund të ftoj aty shoqërinë time? E si do ta prezantoj unë atë? E menduar shumë pleqërisht më duket, pavarësisht se si erdhën punët. Zot!...

I dukej se Toni që pas saj dhe e dëgjonte. Kthente kokën si për ta trembur se e kuptonte këtë përgjim. Pastaj qeshte me vete.

... - Jo, jo, e di Ton, ti nuk arrin deri aty. S'ke pse, fundi i fundit...

Një mbasdite e keqe edhe për të. Por sa kohë kalonte, aq më shumë i sistemonte mendimet e veta.

... - Në fakt edhe mund të të kisha dëgjuar më shumë, mund të kishim një marrëveshje. Uffff, u nxitova... Ai ishte edhe i fryrë nga ajo dreq gjëje që gjeti. Po ku i shkuan sytë xhanëm!? Ah, sa keq!

Vriste mendjen çfarë shëmtie mund të kishte parë ai në shtëpinë e saj. Sa më shumë kohë kalonte, aq më shumë i mbushte mendjen vetes se qe nxituar.

... - Për hir të moshës, të halleve ku jam futur, në fund të fundit edhe për gjithë ç'ke pasur me mamin tim, me Oljën e mirë, ti duhet të më falësh, Ton. Duhet! Je ti që duhet të vish, të më kërkosh të flasim. Të... Uf...

Atë natë nuk u kthye në shtëpi. I dukej si një fushë beteje e përgjakur që ende rënkonte nga dhembjet e kacafytjes që ndodhi. I dukej se herë - herë dëgjonte zilen e celularit dhe ngaqë nuk dinte ç'të bënte edhe nëse zilja do të binte vërtet, e mbylli fare.

* * *

Kishin kaluar ditë dhe ata nuk ishin takuar. Në fakt, megjithëse Tonit nuk i binte rruga nga pallati i Holtës, do gjente mënyrën dhe një arsye për të kaluar andej. Kishte merak, gjithçka që mund të bënte ajo, e gërryente. Sidomos pas fjalëve që bënë së fundi. Shpesh psherëtinte dhe fliste me Oljën.

... - Më fal, nuk mundem më! U zumë... Thuajse më dëboi, nuk mundem më. Kaq ishte. Nuk kam shpresë se mund ta bëj dot atë që të premtova...

Dhe sa herë e shihte dritën mbyllur, i bëhej të priste derisa ajo të vinte dhe ai të qetësohej. Por nuk e bënte dot një gjë të tillë, sepse fundja... edhe ai kishte sedër.

Po kur e shihte dritën ndezur, ishte i qetë, i bëhej të ngjiste shkallët e t'i binte ziles. Por as këtë s'e bënte dot, nuk ndihej mirë. I dukej se reagimi i saj, nuk kishte lënë shteg të hapur për asnjë lloj afrimi. Pastaj edhe ndruhej nga një sherr tjetër; për ç'shoqëri mund të kishte brenda ajo. "Krenaria" e saj i dukej kapriçio, i dukej mendjemadhësi, llastim i një moshe që nuk premtonte më. Por mund të ishte edhe krenari...

Ai e dinte fort mirë se asaj i duhej një punë, i duhej një shkollë, siç kishte diskutuar dhe i kishte premtuar Oljës dikur. Kjo do t'i zinte kohën dhe do ta kthente në atë detyrimin e duhur për t'u bërë ajo që duhej. Të ishte e pavarur. Por nuk mund të zgjaste kështu pafundësisht, sepse çdo çast i jepte "llogari" Oljës. Për gjithë kohën që nuk ishte me të, ndiente përgjegjësi. Ky merak e heshtje, kjo sjellje kishte rënë në sy edhe të shoqërisë së tij.

...Një mbrëmje, pas shumë kohësh, u ngjit lart. Në

fakt kishte frikë apo ndrojë, se ajo mund të ishte me njerëz, atij mund të mos i vinte mirë dhe mund të viheshin në pozitë gjithë palët.

I ra ziles dhe priti në ankth. Ndieu, që ajo pa nga syri magjik i derës.

... - Ah, tani nuk do ta hapë. - tha dhe u ndie i fyer.

Dera nuk po hapej dhe tejet i vrarë i tha vetes se duhej të ikte. Nuk kishte ç'të këmbëgulte më me gishtin mbi zile. Ajo breda e kishe marrë një vendim që atij nuk i pëlqente, por nuk kishte ç'të bënte.

Nisi të zbriste shkallët, kur dëgjoi bravën e derës të kërciste me zhurmë e siguri. Ktheu kokën dhe pa Holtën në derë.

- Hajde! Sa shpejt nise të ikësh! U vesha...

Ndieu se toni i saj ishte miqësor. U ul në kolltuk, por i dukej se rrinte mbi gjemba.

- Si ke qenë?

- Mirë! - i tha ajo me gjysmë zëri - Ti?

Ai tundi kokën në shenjë pohuese.

- E ke marrë pagesën në rregull?

Ajo aprovoi me kokë, por pa qejf.

- Ok, po iki, kisha pak merak për lckët. Gjithësesi unë medoj se... - dhe u ngrit duke mbërthyer xhupin.

- Nuk ka sepse, Ton, po rri dhe pak! Të bëj një kafe? Ta tymosim njëherë? Si thua? - bëri çapkënen Holta

Kjo ftesë e bëri të ndihet mirë. Kishte shumë gjëra për t'i thënë, mund të kishte marrëveshje të munguar, por... Tani ishte ngritur dhe s'duhej të ulej më.

- Faleminderit, duhet të iki! Jam i lodhur. Bëj kujdes, të lutem! Mbase një punë...

Ajo uli kokën dhe e ndoqi për ta përcjellë.

- Mbase dhe një shkollë... Ma ke premtuar...

Tonit iu duk ironi. U kthye dhe i buzëqeshi. I zgjati dorën dhe u takuan paqësisht. Ishte një përshëndetje e ngrohtë që premtonte diçka.

Zbriti shkallët dhe iku ngadalë. E ndiente që deri te kthesa, ajo po e shoqëronte me sy. Ndihej më i qetë.

... - Olja, ajo sonte ishte ndryshe. Nuk e di se si m'u duk, por nuk dua të më zhgënjejë. E di që nuk ktheu për kaq pak ditë, por shpresoj t'i ketë thirrur mendjes. Të ketë dëshirë për të ndryshuar.

Po sigurisht mblodhi veten dhe këmbënguli që nuk duhet të bëhej aq naiv, sa të pretendonte se ky takim ishte një afrim e një marrëveshje përfundimtare. Ishte mësuar me të papriturat e saj. Gjithësesi merrte veten me të mirë, duke menduar se një ditë edhe ajo do të piqej vërtet dhe për ca gjëra do bëhej më e përgjegjshme. Do niste të bënte një jetë normale e të shtruar si gjithë të tjerët.

... - Eh, unë nuk njoh asnjë nga shoqëria që ka zënë dhe nuk mund të marr as informacionin më të vogël. Holta paska të drejtë, nga frika e paskam dashur afër, që ta kisha nën vëzhgim.

Për gjithë atë kohë thuajse ishin shkëputur me njëri - tjetrin. Nuk po i pëlqente sesi e kishte lënë pa menduar më me pjekuri, më shtruar atë që kishte ndodhur dhe mënyra si kishte reaguar ai. Kishte një lloj përgjegjshmërie më vete, që herë - herë kthehej në grind dhe shqetësim.

Ia kishin vënë re në pikturat që postonte në Facebook. Aty mugonte prej gjatë Olja. Olja e tij...

* * *

Pas kaq kohësh po e shihte Holtën të vishej e shkuj-
desur në kuzhinë. Marrëdhënia shumë të afërta që ki-
shin krijuar, e bëri të vinte buzën në gaz e të vonohej
edhe pak për të dalë nga dhoma e tij.

- Mirëmëngjes! Nëse do bësh kafe, bëj edhe për
mua. Eshtë i nxehtë ekspresi. - i foli sëlargu.

- Jam vonë, Ton, më duhet të nxitoj. Pastaj autobu-
si... Ti e di.

- Të çoj unë me makinë, e pimë këtu kafen, kam
kohë që nuk e kam pirë në shtëpi.

Ajo bëri shpejt kafen, nën avujt e së cilës ata u për-
zien me tymin e duhanit që çliruan nga buzët të dy një-
herazi. E panë atë përzierje dhe qeshën njëkohësisht.

- Hë, do ta lëmë? - provokoi ajo me zërin pak bas të
mëngjesit.

- Ja, edhe pak... - tha ai me të tallur, duke thithur me
nxitim fundin e kafes në filxhan.

U bënë gati dhe nxituan.

Shihte angazhimin e Holtës dhe i vinte mirë. Kishte
filluar punë infermiere në spital, por vazhdonte të
rrinte në shtëpinë e tij. Mbase një ditë do t'i duhej të
ikte, po për këtë askush nga të dy nuk nxitonte. E la
buzë trotuarit afër spitalit dhe buzëqeshi me vete:

... - Ajo u bë, Olja ime, ia arrita! Me shpresë të zotit,
mos më zhgënjejë një ditë! Më duket se të kam pranë
dhe më nxit ta dua, të përpiqem si të ishte imja. Më
kanë premtuar edhe shkollën këtë vit. Po, po, për infer-
mieri. I pëlqen edhe asaj. Eshtë e përkushtuar. Mbase
nisi t'i pëlqejë që në kohën kur të ndenji ty pranë në

spital. Ose nga terapitë që ka bërë. Eshtë e fortë, duket kurajoze për t'i thënë "jo" sëmundjes. Dhe kjo duket se u bën mirë edhe pacientëve.

Psherëtiu dhe i dha gaz makinës.

* * *

Në gjithë ato ditë do të takonte shokë të vjetër, ose të paktën të përpiqej të gjente sa më shumë nga të maturës së tij... Ishte bërë inisiatori dhe me disa të tjerë kishin vendosur të bënin një takim pas vitesh. Mezi priste të çmalleshin, të shihte sa kishin ndryshuar fytyrat e maturantëve të dikushëm, me shumicën e të cilëve s'qenë parë prej kohësh.

- Ti do vish? - e pyeti Holtën.

- Jo, jo! Ç'ne unë?

- Jemi shokë e shoqe të Oljës. Të gjithë do kishin kënaqësi. Mbase edhe dikush tjetër e merr fëmijën e rritur. S'ka gjë të keqe, nëse aty ke edhe ca moshatarë.

- Po ç'thua, Ton... Unë aty?

- E mirë, mirë, shohim e bëjmë. - e kishte mbyllur ai butë duke lënë njëlloj shtegu të hapur.

Në mbrëmjet kur ajo kishte turnin e dytë, e qe bërë zakon ta priste, të pinin diçka në ndonjë lokal pastaj të vinin ngadalë në shtëpi. Kjo shëtitje i çlodhte. Dita - ditës priste që t'i thoshte se kishte zënë një shok, një shok të mirë që e donte. Dhe se atij nuk do t'i duhej më të dilte në atë orë e ta priste. Fundja... Mund të kishte edhe ai një shoqe të mirë, të rrinte me të. Por ishte mësuar me Oljën, aq sa në vërtetë nuk dinte si do ta priste atë lajm. Njëherë i dukej se do ta gëzonte, njëherë se do t'i dhembte. Po mësohej me të...

Ishin nisur për në mbrëmje. Ajo qe bërë mrekullisht e bukur. Me fustan të kuq tyl në dekolte. Flokët i derdheshin supeve të brishtë. Ai e shihte me një farë zilie, qeshte i kënaqur, i dukej se në krah kishte Oljën, se Olja qeshte e lumtur, me një keqardhje të lehtë për gjithë ç'kishte hequr ai dhe me adhurim për të bijën që ia kishte dalë mbanë e sot po shoqëronte Tonin.

... - Ja, zemër, po e çoj te shokët, ta njoh me ta, t'u them se është vajza jote. Ajo tani është kaq mirë, sa e bukur është bërë, sa elegancë, sa sharm ka!... Më kujton atë mbrëmjem e maturës ku ti mungove. Je sonte, Olja ime, je sonte!... Po ikim bashkë!... Me atë fustanin e kuq që të kishte sjellë gjyshja e mirë. Të të them edhe diçka? Asnjë nga shokët e shoqet nuk di gjë se ç'po bëj. Jam i sigurt që do lumturohen. Ti ishe aq e mirë me të gjithë! Ah... ti, plaga ime e vjetër!...

Mbërritën në lokal. Një kamarjer u zgjati tabakanë me shampanjë dhe i drejtoi te tavolina ku duhet të gjenin emrin dhe ta varnin me kapse në këmishë, para hyrjes në sallë. Toni e gjeti shpejt kartelën e vet, po Holta u ndie e hutuar.

- Olja nuk ka qenë në maturë, prandaj ti nuk e ke kartonin, po mos u mërzit. - i tha dhe i buzëqeshi.

Një buçimë zërash i shoqëroi tek hynë në sallë. Toni buzëqeshi dhe ngriti dorën t'i përshëndeste.

Pastaj njëlloj heshtjeje dhe ngacmimet e para...

- Ajajaj... sa të bukur e paska!...

Toni dinte të sillej, nuk nxitoi, ndonëse Holta nuk u ndie mirë. Kur salla me shokë e shoqe ra në njëfarë qetësie, ai mori fjalën me një buzëqeshje që vetëm ai e kishte e që i ishte kthyer në fytyë pas aq vitesh.

- Mos më thoni që të gjithë e njohët njëri - tjetrin... Se e di që do më genjeni. Po nejse, edhe unë iu njoha disave nga kartelat dhe falenderoj atë që i ka shkuar në mend ky prezantim. Por...

- Ej, Ton! Po që s'ke ndryshuar fare! As në të folur, as në shaka? Lum ajo që po bën të lumtur!...

- Ben, qenke pirë pa nisur. Dale se atë do të të sqaroj!

Ky ton e bëri shoqërinë të heshtë. Si për ta bërë më interesante atë që do thoshte, Toni vonoi edhe më.

- Iu kujtohet kush mungoi në mbrëmjen e maturës?

Në sallë nisën ca pëshpërima për të risjellë në kuj-tesë njëzetë e ca vitet më parë. Shokë e shoqe shihnin njëri - tjetrin si për ta gjetur se kush. Ishte një lloj kui-tzi njëzetë e gjashtë apo njezetë e shtatë vjeçar.

- Djana, që nuk e lanë prindët se mund te vonohej dhe s'dihet ku përfundonte. - bërtiti Gimi që tutje.

- Mjaft, ti djall që s'ke ndryshuar! - thirri Djana - Ju thashë që më kishte vdekur gjyshja.

- Cila gjyshe? Ajo që të vdiste para çdo provimi?

Në sallë shpërthyen të qeshura ngacmuese.

Toni u duk se po e linte sallën të qetësohej.

- Po edhe Bresniku, nuk ishte as atëherë, as sonte nuk është. Ai ishte nga një fshat i largët... Edhe...

Toni kokëulur priste të mbaronte ai apel që po bë-hej pas kaq vitesh. Holta dukej të ishte pak në siklet.

- Oljën, e mbani mend Oljën që nuk u kthye më pas praktikës mësimore?

Ra qetësie e shoqëruar me pëshpërima habie.

- Kjo pra, është Holta, e bija e Oljës, vajzës që unë

doja dhe që sot nuk është më. E takova para disa kohësh dhe më njohu me të bijën, që unë e njoftova dhe sot e mora me vete...

Të gjithë nisën të ngrihen një nga një dhe të takonin Holtën që tani i qeshte fytyra. Ndihej aq mirë tek dëgjonte çfarë i thoshin për nënën e saj. Edhe Toni ndihej po aq mirë që çdo gjë po shkonte mrekullisht.

Mbrëmja kishte marrë përmasën e saj të mallit, të kujtimeve. Njerëzit kishin mbetur po ata, me po ato huqe, me po ato virtyte, por në çdo rast të thjeshtë dhe aq njerëzorë. Pastaj nisën të kërcenin, të këndonin këngët e rinisë së tyre, kujtuan sa e sa gjëra... Toni vërente se bashkëshortet dhe bashkëshortët e shokëve dhe shoqeve, rrinin të hutuar, jashtë asaj miqësie. Më mirë të mos kishin ardhur. Po kremtohej një kohë që nuk u përkiste atyre. Gjithësesi, Holta shpirtërisht ishte tretur me moshën dhe me kohën e tyre.

Toni ndieu të prekur në sup. Ktheu kokën dhe pa Adin, me seriozin e klasës.

- Ke cigare? Se të miat... aha... Hajde, hajde e pimë jashtë, fshehur si dikur, ahahaa! - dhe e mori për krahu kur Toni nxori paketën.

Në verandën e lokalit Adi e humbi të qeshurën e patëkeq që kishte në sallë. Iu duk se në të vërtetë kishte dalë në verandë me maskën e të qeshurës së tij.

- Ton, unë nuk e pi cigaren. Apo s'të kujtohet që asnjëherë nuk e kam pirë fshehur pas mureve të shkollës? As alkool nuk kam pirë, që t'u duka aq i qeshur...

Toni u tremb nga mënyra si hyri Adi në bisedë dhe e pa të qe shumë serioz.

- Më thuaj, e kujt është ajo vajzë?

- Eshtë e Oljës. Pse, ç'ke ti? Ç'të ka kapur ky panik?

Adi turfulloi.

- Më thuaj e kujt është! Oljën e mora vesh. Tjetër?

Toni u tremb nga ky drejtim i papritur që mori "cigarja në verandë" dhe s'po kuptonte...

- Edhe e... babait të vet, një minator që ka vdekur aksidentalisht këtu e njëzetë e tre vite më parë...

Adi shfryu dhe eci në të kundërt të Tonit.

- Ke fjetur ti me atë vajzë? Më thuaj të vërtetën, se ndryshe... Edhe nëse s'kam pirë, do iki të pi e do vij të ta shqyej atë gojë që... që të mos puthësh më kurrë...

Toni u qetësua dhe qeshi me një lloj naiviteti që Adit i ngriti nervat.

- Qetësohu, i dashur! As kam fjetur, as do fle ndonjëherë me të. E kam si vajzë, e kam amanet të Oljës...

Adi qeshi i çliruar, e puthi në ballë dhe i tha:

- Budalla! Ikim brenda tani, se cigarja mbaroi...

Toni nuk mund ta kalonte kaq lehtë atë që sapo ndodhi. E kapi fort nga krahu dhe e tërhoqi në verandë.

- Mund të pi edhe dy, edhe tri njëra pas tjetrës. Ti e di ç'mut jete më ka ndjekur. Pa më fol pak... më fol! Ç'ishin ato pyetje? Ku doje të dilje?

Adi qeshi me një lloj qetësie dhe shpotitjeje.

- Mbylle!... - ia bëri duke i kapur buzët si me kapse.

- Fol, ore!.... - kërcënoi Toni.

- Po sikur të të them që....

Tonit i shkoi diçka vetëtimthi në kokë.

- Mos u bëj i marrë... Ajo është njëzetë e tre vjeçe. Atëhere unë dhe Olja...

Pa që Adi tundi kokën si fajtor, por kishte në fytyrës një buzëqeshje të lumtur e të qetë.

- Ti e di ku punova unë pas shkollës së lartë? - e pyeti ai Tonin pa e parë në sy.

- Po, edhe?

- Uf!... Sa naiv po bëhesh...

Toni e kapi Adin prej mënge me ankth e padurimi.

- Po, edhe? Më thuaj pra!... Fol, se tani do të ta shqyej unë atë gojë e të t'i nxjerr të gjitha ç'duhet të thuash. Vetëm... Të lutem, Ad, më thuaj vetëm të vërteta! Nuk mbaj dot më dhembje e lëndime. Nuk mbaj dot më...

Adi rregulloi veshjen e çrregulluar nga tërheqjet e Tonit dhe u pozicionua si në një ceremonial.

- Së pari, nuk dua të më gjykosh, sepse asnjëherë nuk kam bërë llogari si tani. Mbase mosha, naiviteti, mospërqendrimi... Nuk di. Por tani...

Adi ndryshoi befas tonin e tij.

- Dëgjo, Ton, me rritjen dhe pjekjen e njeriut, nisin e dalin për t'u gjykuar ca gjëra...

- Bjeri shkurt, Ad, pash zotin!... Fol, se më çmende!

- Çfarë mbiemri mban Holta?

- Mbiemrin e Oljës. Pse? - uli sytë Toni duke u munduar të kuptojë ndonjë gjë më shumë.

Adi qeshi me njëfarë sigurie.

- Olja erdhi dikur në zyrë dhe m'u lut t'i ndërroja moshën e vajzës. Ta ulja dy vjet që të kalonte kufirin me emrin në pashaportën e saj, jo më vete. Ndryshe... duhej edhe leja e të jatit, që sipas teje qenka një... minator i vdekur. Dhe... mban mbiemrin e Oljës? A e ke pyetur Holtën, ka qenë ndonjëherë te varri i babait?

- Edhe? - pyeti Toni me padurim.

- Ohu... edhe ti! Nuk kupton apo nuk do?

- Ç'do të thuash, se më plase...

- Idiot! - e kapi Adi nga jakat. - Vajza ishte katër vjeçe. A nuk e përkthen dot emrin H - OL - TA. Të gjithë të thërrisnim Toni, vetëm Olja të thërriste Tani...

Tonit në një sekondë iu zbërthye mijëra herë emri OL (JA) - TA (NI).

- Jo!... - mërmëriti... - Jo! Ajo do ma kishte thënë...

Kishte ngulur sytë diku i hutuar.

- Nuk e sheh sa të ngjan? Po gocat që po pëshpërijnë në sallë, nuk i dëgjon? - tha Adi dhe doli nga veranda.

- Jo!... - mërmërinte Toni. - Jooo! Jooo!

Iu mbushën sytë me lot. Mbështeti bërrylat mbi parmakun e verandës dhe thithi fort, thuaj e kaloi poshtë cigaren me të cilën prej kohësh kujtonte se mbyste bregat.

- Ton! Do vish? Do kërcejmë bashkë? - dëgjoi zërin e Holtës që e shikonte tej, nga dera e sallës.

... - Po, shpirt, do vij. Do kërcejmë nën atë melodinë që nuk mundëm ta kërcejmë para shumë vitesh. Nuk mundëm, shpirt... - foli me vete.

Dhe eci duke u lëkundur. E kapi vajzën për krahu dhe bënë për nga dera që përcillte të qeshura dhe muzikë. Po kthehej në sallë si... baba i Holtës.

- Ç'ke, Ton? I ke sytë plot. Kaq shumë e ndien mungesën e...? Pas kaq vitesh? Kaq shumë? Ton...

- Shët... zemër!

Dhe i vuri dorën mbi buzë duke përtypur lotët...